Agota Kristof

Das große Heft

SERIE PIPER

Zu diesem Buch

»Ich werde euch zeigen, wie man lebt!« verspricht die als Hexe verschriene Großmutter ihren Enkeln. Die Zwillingsbrüder brauchen die Großmutter nicht – was sie fürs Überleben lernen müssen, bringen sie sich selbst bei: Sie betteln, hungern, schlachten, stehlen, töten, stellen sich taub, blind, bewegungslos. Alles, was sie als wahr anerkennen können, tragen sie in das Große Heft ein. »Im Gewand des Protokolls einer Kindheit verbirgt sich die Parabel von der Verrohung, die bestimmte, immer wiederkehrende und an kein System gebundene gesellschaftliche Bedingungen verursachen.« (Frankfurter Allgemeine)

Agota Kristof, geboren 1935 in Csikvánd/Ungarn, lebt seit 1956 in der französischen Schweiz. Dort arbeitete sie zunächst in einer Fabrik und erlernte die Sprache ihrer Wahlheimat. »Das große Heft«, ihr erster Roman, wurde ein internationaler Erfolg und zum Livre Européen gekürt. Agota Kristofs Romane »Der Beweis«, »Die dritte Lüge« und »Gestern« liegen ebenfalls auf deutsch vor.

Agota Kristof

Das große Heft

Roman

Aus dem Französischen von
Eva Moldenhauer

Piper München Zürich

Von Agota Kristof liegen in der Serie Piper außerdem vor:
Der Beweis (1479)
Die dritte Lüge (2287)

Ungekürzte Taschenbuchausgabe
R. Piper GmbH & Co. KG, München
1. Auflage Mai 1990 (SP 779)
6. Auflage Januar 1997

Titel der französischen Originalausgabe: »Le grand cahier«

Umschlag: Büro Hamburg
Simone Leitenberger, Susanne Schmitt, Andrea Lühr
Umschlagabbildung: Tamara De Lempicka
(»Romana de la Salle«, 1929. © VG Bild-Kunst, Bonn 1996)
Foto Umschlagrückseite: Ulf Andersen
Satz: Wagner GmbH, Nördlingen
Druck und Bindung: Clausen & Bosse, Leck
Printed in Germany ISBN 3-492-22414-8

Die Ankunft bei Großmutter

Wir kommen aus der Großen Stadt. Wir sind die ganze Nacht gereist. Unsere Mutter hat rote Augen. Sie trägt einen großen Karton und jeder von uns beiden einen kleinen Koffer mit seinen Kleidern, außerdem das große Wörterbuch unseres Vaters, das wir uns weitergeben, wenn unsere Arme müde sind.

Wir gehen lange. Das Haus von Großmutter ist weit vom Bahnhof, am andern Ende der Kleinen Stadt. Hier gibt es keine Straßenbahn, weder Busse noch Autos. Es verkehren nur ein paar Militärlastwagen.

Es gibt wenige Passanten, die Stadt ist still. Wir hören das Geräusch unserer Schritte; wir gehen, ohne zu sprechen, unsere Mutter in der Mitte, zwischen uns beiden.

Vor der Tür zu Großmuttes Garten sagt unsere Mutter:

– Wartet hier auf mich.

Wir warten ein bißchen, dann betreten wir den Garten, gehen um das Haus herum, wir kauern uns unter ein Fenster, aus dem Stimmen kommen. Die Stimme unserer Mutter:

– Es gibt nichts mehr zu essen bei uns, weder Brot noch Fleisch, noch Gemüse, noch Milch. Nichts. Ich kann sie nicht mehr ernähren.

Eine andere Stimme sagt:

– Und da hast du dich an mich erinnert. Zehn Jahre hast du dich nicht erinnert. Du bist nicht gekommen, du hast nicht geschrieben.

Unsere Mutter sagt:

– Sie wissen genau, warum. Ich, ich liebte meinen Vater.

Die andere Stimme sagt:

– Ja, und jetzt erinnerst du dich, daß du auch eine Mutter hast. Du kommst her und bittest mich, dir zu helfen.
Unsere Mutter sagt:
– Ich bitte um nichts für mich. Ich möchte nur, daß meine Kinder diesen Krieg überleben. Die Große Stadt wird Tag und Nacht bombardiert, und es gibt nichts mehr zu essen. Man evakuiert die Kinder aufs Land, schickt sie zu Verwandten oder zu Fremden, irgendwohin.
Die andere Stimme sagt:
– Du hättest sie zu Fremden schicken sollen, irgendwohin.
Unsere Mutter sagt:
– Es sind Ihre Enkel.
– Meine Enkel? Ich kenne sie nicht mal. Wieviel sind es?
– Zwei. Zwei Jungen. Zwillinge.
Die andere Stimme fragt:
– Was hast du mit den andern gemacht?
Unsere Mutter fragt:
– Welchen andern?
– Hündinnen werfen vier oder fünf Junge auf einmal. Man behält ein oder zwei, die andern ersäuft man.
Die andere Stimme lacht sehr laut. Unsere Mutter sagt nichts, und die andere Stimme fragt:
– Haben sie wenigstens einen Vater? Du bist nicht verheiratet, soviel ich weiß. Ich bin zu deiner Hochzeit nicht eingeladen worden.
– Ich bin verheiratet. Ihr Vater ist an der Front. Ich habe seit sechs Monaten keine Nachricht.
– Dann kannst du gleich ein Kreuz drüber machen.
Die andere Stimme lacht erneut, unsere Mutter weint. Wir gehen wieder vor die Gartentür.
Unsere Mutter kommt mit einer alten Frau aus dem Haus.

Unsere Mutter sagt zu uns:
– Das ist eure Großmutter. Ihr werdet eine Weile bei ihr bleiben, bis der Krieg aus ist.
Unsere Großmutter sagt:
– Das kann lang dauern. Aber ich sorge schon dafür, daß sie arbeiten, keine Bange. Auch hier ist das Essen nicht umsonst.
Unsere Mutter sagt:
– Ich werde Ihnen Geld schicken. In den Koffern sind ihre Kleider. Und in dem Karton Laken und Decken. Seid brav, meine Kleinen. Ich werde euch schreiben.
Sie küßt uns und geht weinend fort.
Großmutter lacht sehr laut und sagt zu uns:
– Laken, Decken! Weiße Hemden und Lackschuhe! Ich werde euch zeigen, wie man lebt!
Wir strecken unserer Großmutter die Zunge raus. Sie lacht noch lauter und schlägt sich dabei auf die Schenkel.

Großmutters Haus

Großmutters Haus ist fünf Minuten Fußmarsch von den letzten Häusern der Kleinen Stadt entfernt. Danach kommt nur noch die staubige Straße, bald von einer Barriere durchschnitten. Es ist verboten, weiter zu gehen, ein Soldat hält dort Wache. Er hat eine Maschinenpistole, ein Fernglas, und wenn es regnet, stellt er sich in einem Schilderhaus unter. Wir wissen, daß es hinter der Barriere, durch Bäume verborgen, einen geheimen Militärstützpunkt gibt und, hinter dem Stützpunkt, die Grenze und ein anderes Land.

Großmutters Haus ist von einem Garten umgeben, hinter dem ein Fluß fließt, dann kommt der Wald.

Der Garten ist mit allerlei Gemüse und Obstbäumen bepflanzt. In einer Ecke ist ein Kaninchenstall, ein Hühnerstall, ein Schweinestall und ein Verschlag für die Ziegen. Wir haben versucht, auf den Rücken des dicksten Schweins zu steigen, aber es ist unmöglich, darauf sitzen zu bleiben.

Das Gemüse, das Obst, die Kaninchen, die Enten, die Hühner werden von Großmutter auf dem Markt verkauft, auch die Eier der Hühner und Enten und der Ziegenkäse. Die Schweine werden an den Metzger verkauft, der sie mit Geld bezahlt, aber auch mit Schinken und geräucherten Würsten.

Es gibt auch einen Hund, um Diebe zu jagen, und eine Katze, um Mäuse und Ratten zu jagen. Man darf ihr nichts zu fressen geben, damit sie immer Hunger hat.

Großmutter besitzt auch einen Weinberg auf der andern Seite der Straße.

Man betritt das Haus durch die Küche, die groß und

warm ist. Das Feuer brennt den ganzen Tag im Holzofen. Am Fenster steht ein riesiger Tisch und eine Eckbank. Auf dieser Bank schlafen wir. Von der Küche führt eine Tür zu Großmutters Zimmer, aber es ist immer abgeschlossen. Nur Großmutter geht abends hinein, um zu schlafen.

Es gibt noch ein anderes Zimmer, in das man hinein kann, ohne durch die Küche zu gehen, direkt vom Garten aus. Dieses Zimmer wird von einem fremden Offizier bewohnt. Seine Tür ist ebenfalls abgeschlossen.

Unter dem Haus gibt es einen Keller voll eßbarer Sachen und unter dem Dach eine Kammer, in die Großmutter nicht mehr hinaufsteigt, seit wir die Leiter angesägt haben und sie sich beim Fallen weh getan hat. Der Eingang zur Dachkammer befindet sich genau über der Tür des Offiziers, und wir klettern an einem Seil hinauf. Dort oben verstecken wir das Aufsatzheft, das Wörterbuch unseres Vaters und die andern Dinge, die wir verbergen müssen.

Bald fertigen wir einen Schlüssel an, der alle Türen öffnet, und wir bohren Löcher in den Fußboden der Dachkammer. Dank dem Schlüssel können wir uns frei im Haus bewegen, wenn niemand da ist, und dank den Löchern können wir Großmutter und den Offizier in ihren Zimmern beobachten, ohne daß sie es merken.

Großmutter

Unsere Großmutter ist die Mutter unserer Mutter. Bevor wir zu ihr zogen, wußten wir nicht, daß unsere Mutter noch eine Mutter hatte.
Wir nennen sie Großmutter.
Die Leute nennen sie die Hexe.
Sie nennt uns »Hundesöhne«.
Großmutter ist klein und mager. Sie hat ein schwarzes Tuch auf dem Kopf. Ihre Kleider sind dunkelgrau. Sie trägt alte Militärschuhe. Wenn schönes Wetter ist, geht sie barfuß. Ihr Gesicht ist voll Runzeln, brauner Flecke und Warzen, aus denen Haare sprießen. Sie hat keine Zähne mehr, wenigstens keine sichtbaren Zähne.
Großmutter wäscht sich nie. Sie wischt sich den Mund mit dem Zipfel ihres Kopftuchs ab, wenn sie gegessen hat oder wenn sie getrunken hat. Sie trägt keine Unterhose. Wenn sie urinieren muß, bleibt sie stehen, wo sie sich gerade befindet, macht die Beine breit und pißt auf die Erde unter ihren Röcken. Natürlich tut sie es nicht im Haus.
Großmutter zieht sich nie aus. Wir haben abends in ihr Zimmer geschaut. Sie zieht ihren Rock aus, es ist ein anderer Rock darunter. Sie zieht ihre Bluse aus, es ist eine andere Bluse darunter. So legt sie sich hin. Sie nimmt ihr Kopftuch nicht ab.
Großmutter spricht wenig. Außer abends. Abends holt sie eine Flasche von einem Regal, sie trinkt direkt aus der Flasche. Bald fängt sie an, in einer Sprache zu reden, die wir nicht kennen. Es ist nicht die Sprache, die die fremden Soldaten sprechen, es ist eine ganz andere Sprache.

In dieser unbekannten Sprache stellt Großmutter sich Fragen und antwortet darauf. Manchmal lacht sie, oder sie wird wütend und schreit. Am Schluß beginnt sie fast immer zu weinen, sie torkelt in ihr Zimmer, sie fällt auf ihr Bett, und wir hören sie in der Nacht lange schnarchen.

Die Arbeiten

Wir müssen einige Arbeiten für Großmutter verrichten, sonst gibt sie uns nichts zu essen und läßt uns die Nacht draußen verbringen.
Anfangs wollen wir ihr nicht gehorchen. Wir schlafen im Garten, wir essen Obst und rohes Gemüse.
Morgens, vor Sonnenaufgang, sehen wir Großmutter aus dem Haus kommen. Sie spricht nicht mit uns. Sie füttert die Tiere, sie melkt die Ziegen, führt sie dann zum Fluß, wo sie sie an einen Baum bindet. Dann gießt sie den Garten und pflückt Gemüse und Früchte, die sie auf ihren Schubkarren lädt. Sie stellt auch einen Korb Eier darauf, einen kleinen Käfig mit einem Kaninchen und einem Huhn oder einer Ente mit zusammengebundenen Beinen.
Sie geht auf den Markt, ihren Schubkarren schiebend, dessen Gurt, um den mageren Hals gelegt, ihren Kopf herabdrückt. Sie schwankt unter der Last. Die Unebenheiten des Wegs und die Steine bringen sie aus dem Gleichgewicht, aber sie geht mit einwärts gedrehten Füßen, wie die Enten. Sie geht in die Stadt bis zum Markt, ohne stehenzubleiben, ohne ihren Schubkarren ein einziges Mal abzusetzen.
Wenn sie vom Markt zurückkommt, macht sie eine Suppe aus dem Gemüse, das sie nicht verkauft hat, und Marmelade aus den Früchten. Sie ißt, sie geht in ihren Weinberg, um dort Mittagsruhe zu halten, sie schläft eine Stunde, dann kümmert sie sich um den Weinberg oder kehrt, wenn es dort nichts zu tun gibt, ins Haus zurück, sie hackt Holz, sie füttert erneut die Tiere, sie führt die Ziegen zurück, sie melkt sie, sie geht in den Wald und

bringt Pilze und trockenes Holz mit, sie macht Käse, sie trocknet Pilze und Bohnen, anderes Gemüse weckt sie ein, sie gießt erneut den Garten, schafft Sachen in den Keller, und so weiter, bis es Nacht wird.
Am sechsten Morgen, als sie das Haus verläßt, haben wir den Garten schon gegossen. Wir nehmen ihr die schweren Eimer mit dem Schweinefutter aus den Händen, wir führen die Ziegen zum Fluß, wir helfen ihr, den Schubkarren zu beladen. Als sie vom Markt zurückkommt, sind wir dabei, Holz zu sägen.
Beim Essen sagt Großmutter:
– Ihr habt verstanden. Dach und Nahrung müssen verdient werden.
Wir sagen:
– Das ist es nicht. Die Arbeit ist anstrengend, aber jemand zuzuschauen, der arbeitet, ohne selber was zu tun, ist noch anstrengender, besonders wenn er alt ist.
Großmutter feixt:
– Hundesöhne! Wollt ihr sagen, ihr habt Mitleid mit mir gehabt?
– Nein, Großmutter. Wir haben uns über uns selbst geschämt.
Am Nachmittag holen wir Holz im Wald.
Von nun an tun wir alle Arbeiten, die wir tun können.

Der Wald und der Fluß

Der Wald ist sehr groß, der Fluß ist ganz klein. Um in den Wald zu gehen, muß man den Fluß überqueren. Wenn er wenig Wasser führt, können wir ihn überqueren, indem wir von einem Stein zum andern springen. Aber manchmal, wenn es stark geregnet hat, reicht uns das Wasser bis zur Taille, und dieses Wasser ist kalt und schlammig. Wir beschließen, eine Brücke aus den Backsteinen und Brettern zu bauen, die wir rings um die zerbombten Häuser finden.

Unsere Brücke ist fest. Wir zeigen sie Großmutter. Sie probiert sie aus, sie sagt:

– Sehr gut. Aber geht nicht zu weit in den Wald. Die Grenze ist nah, die Militärs werden auf euch schießen. Und verirrt euch bloß nicht. Ich würde euch nicht suchen.

Als wir die Brücke bauten, haben wir Fische gesehen. Sie verstecken sich unter den dicken Steinen oder im Schatten der Büsche und Bäume, deren Zweige sich stellenweise über dem Fluß berühren. Wir suchen die größten Fische aus, wir fangen sie und legen sie in die mit Wasser gefüllte Gießkanne. Am Abend, als wir sie ins Haus bringen, sagt Großmutter:

– Hundesöhne! Wie habt ihr sie gefangen?

– Mit den Händen. Es ist leicht. Man muß bloß still bleiben und warten.

– Also, dann fangt viele. Soviel ihr könnt.

Am nächsten Tag lädt Großmutter die Gießkanne auf ihren Schubkarren und verkauft unsere Fische auf dem Markt.

Wir gehen oft in den Wald. Wir verirren uns nie, wir wissen, auf welcher Seite sich die Grenze befindet. Bald kennen uns die Wachtposten. Sie schießen nie auf uns. Großmutter bringt uns bei, die eßbaren Pilze von den giftigen zu unterscheiden.

Aus dem Wald bringen wir Reisigbündel auf dem Rücken mit, Pilze und Kastanien in Körben. Wir stapeln das Holz ordentlich an den Hauswänden unter dem Vordach, und wir rösten Kastanien auf dem Herd, wenn Großmutter nicht da ist.

Einmal, tief im Wald, am Rand eines großen Lochs, das eine Bombe gerissen hat, finden wir einen toten Soldaten. Er ist noch ganz, nur die Augen fehlen ihm wegen der Raben. Wir nehmen sein Gewehr, seine Patronen, seine Handgranaten: das Gewehr in einem Reisigbündel versteckt, die Patronen und die Handgranaten in unseren Körben, unter den Pilzen.

Bei Großmutter angekommen, packen wir diese Gegenstände sorgsam in Stroh und Kartoffelsäcke, und wir vergraben sie unter der Bank vor dem Fenster des Offiziers.

Der Schmutz

Bei uns zu Hause, in der Großen Stadt, wusch unsere Mutter uns oft. Unter der Dusche oder in der Badewanne. Sie zog uns saubere Kleider an, sie schnitt uns die Nägel. Zum Haareschneiden ging sie mit uns zum Friseur. Wir putzten uns die Zähne nach jeder Mahlzeit.
Bei Großmutter ist es unmöglich, sich zu waschen. Es gibt kein Badezimmer, es gibt nicht einmal fließendes Wasser. Man muß das Wasser aus dem Brunnen im Hof pumpen und es in einem Eimer tragen. Es gibt keine Seife im Haus, auch keine Zahnpasta oder Waschpulver für die Wäsche.
Alles ist schmutzig in der Küche. Der holprige rote Fliesenboden klebt unter den Füßen, der große Tisch klebt unter den Händen und Ellbogen. Der Herd ist völlig schwarz vor Fett, auch die Wände ringsum, wegen des Rußes. Obwohl Großmutter das Geschirr spült, sind die Teller, die Löffel, die Messer nie ganz sauber, und die Töpfe sind mit einer dicken Dreckschicht bedeckt. Die Putzlappen sind grau und stinken.
Anfangs mögen wir nicht einmal essen, besonders wenn wir sehen, wie Großmutter das Essen zubereitet, ohne sich die Hände zu waschen, und dabei in ihren Ärmel schneuzt. Später achten wir nicht mehr darauf.
Wenn es warm ist, baden wir im Fluß, wir säubern uns das Gesicht und die Zähne am Brunnen. Wenn es kalt ist, ist es unmöglich, sich ganz zu waschen. Es gibt im Haus kein Gefäß, das groß genug ist. Unsere Laken, unsere Decken, unsere Badetücher sind verschwunden. Wir haben den großen Karton, in dem unsere Mutter sie mitgebracht hat, nie wiedergesehen.

Großmutter hat alles verkauft.
Wir werden immer schmutziger, auch unsere Kleider. Wir holen saubere Kleider aus unsern Koffern unter der Bank, aber bald gibt es keine sauberen Kleider mehr. Diejenigen, die wir tragen, zerreißen, unsere Schuhe nutzen sich ab, werden löchrig. Wenn es geht, laufen wir barfuß und tragen nur eine Unterhose oder eine Hose. Unsere Fußsohlen werden hart, wir spüren die Dornen und Steine nicht mehr. Unsere Haut wird braun, unsere Beine und Arme sind voller Schrammen, Schnittwunden, Krusten, Insektenstichen. Unsere Nägel, die nie geschnitten werden, brechen ab, unsere Haare, die wegen der Sonne fast weiß sind, reichen uns bis zu den Schultern.
Die Toilette ist hinten im Garten. Es gibt nie Papier. Wir wischen uns mit den größten Blättern bestimmter Pflanzen ab.
Wir riechen nach einer Mischung aus Mist, Fisch, Gras, Pilzen, Rauch, Milch, Käse, Schlamm, Schlick, Erde, Schweiß, Urin, Schimmel.
Wir stinken wie Großmutter.

Übung zur Abhärtung des Körpers

Großmutter schlägt uns oft mit ihren knochigen Händen, mit einem Besen oder einem nassen Lappen. Sie zieht uns an den Ohren, sie packt uns an den Haaren.
Auch andere Leute geben uns Ohrfeigen und Fußtritte, wir wissen nicht einmal, warum.
Die Schläge tun weh, sie bringen uns zum Weinen.
Die Stürze, die Schrammen, die Schnittwunden, die Arbeit, die Kälte und die Hitze verursachen ebenfalls Schmerzen.
Wir beschließen, unseren Körper abzuhärten, um den Schmerz ertragen zu können, ohne zu weinen.
Wir beginnen damit, uns gegenseitig Ohrfeigen zu geben, dann Faustschläge. Als Großmutter unser geschwollenes Gesicht sieht, fragt sie:
– Wer war das?
– Wir selber, Großmutter.
– Ihr habt euch geprügelt? Weswegen?
– Wegen nichts, Großmutter. Machen Sie sich keine Sorgen, es ist nur eine Übung.
– Eine Übung? Ihr seid völlig übergeschnappt! Na ja, wenn's euch Spaß macht...
Wir sind nackt. Wir schlagen uns gegenseitig mit einem Gürtel. Wir sagen jedesmal:
– Es tut nicht weh.
Wir schlagen fester, immer fester.
Wir halten unsere Hände über eine Flamme. Wir schneiden unsern Schenkel, unsern Arm, unsere Brust mit einem Messer ein und gießen Alkohol auf unsere Wunden.
Wir sagen jedesmal:
– Es tut nicht weh.

Nach einiger Zeit spüren wir tatsächlich nichts mehr. Es ist jemand anderes, der Schmerzen hat, es ist jemand anderes, der sich verbrennt, sich schneidet, leidet.
Wir weinen nicht mehr.
Wenn Großmutter wütend ist und schreit, sagen wir zu ihr:
– Hören Sie auf zu schreien, Großmutter, schlagen Sie lieber.
Wenn sie uns schlägt, sagen wir zu ihr:
– Weiter, Großmutter! Schauen Sie, wir halten die andere Backe hin, wie es in der Bibel heißt. Schlagen Sie auch die andere Backe, Großmutter.
Sie antwortet:
– Hol euch der Teufel mit eurer Bibel und euren Backen!

Der Adjutant

Wir liegen auf der Eckbank in der Küche. Unsere Köpfe berühren sich. Wir schlafen noch nicht, aber unsere Augen sind geschlossen. Jemand stößt die Tür auf. Wir öffnen die Augen. Das Licht einer Taschenlampe blendet uns. Wir fragen:
– Wer ist da?
Eine Männerstimme antwortet:
– Keine Angst. Ihr keine Angst. Ihr sein zwei oder ich zuviel trinken?
Er lacht, zündet die Petroleumlampe auf dem Tisch an und macht seine Taschenlampe aus. Wir sehen ihn jetzt gut. Es ist ein fremder Soldat, ohne Dienstgrad. Er sagt:
– Ich sein Adjutant von Oberst. Was ihr hier machen?
Wir sagen:
– Wir wohnen hier. Bei unserer Großmutter.
– Ihr Enkel von Hexe? Ich euch noch nie gesehen. Ihr hier sein seit wann?
– Seit zwei Wochen.
– Ah! Ich gewesen auf Urlaub zu Hause, in mein Dorf. Viel lachen.
Wir fragen:
– Wie kommt es, daß Sie unsere Sprache sprechen?
Er sagt:
– Meine Mutter hier geboren, in euer Land. Bei uns arbeiten gekommen, Kellnerin in Kneipe. Meinen Vater kennenlernen, ihn heiraten. Wenn ich klein sein, meine Mutter eure Sprache mit mir sprechen. Euer Land und mein Land befreundete Länder. Gegen Feind gemeinsam kämpfen. Woher kommen ihr zwei?
– Aus der Großen Stadt.

– Große Stadt, viel Gefahr. Bum! Bum!
– Ja, und nichts mehr zu essen.
– Hier gut für Essen. Äpfel, Schweine, Hühner, alles. Ihr lange bleiben? Oder bloß Ferien?
– Wir bleiben, bis der Krieg aus ist.
– Krieg bald aus. Ihr hier schlafen? Bank nackt, hart, kalt. Hexe euch nicht wollen im Zimmer?
– Wir wollen nicht in Großmutters Zimmer schlafen. Sie schnarcht, und sie stinkt. Wir hatten Decken und Laken, aber sie hat sie verkauft.
Der Adjutant nimmt heißes Wasser aus dem Kessel auf dem Herd und sagt:
– Ich müssen Zimmer saubermachen. Oberst auch zurückkommen von Urlaub heute abend oder morgen früh.
Er geht hinaus. Ein paar Minuten später kommt er zurück. Er bringt uns zwei graue Militärdecken.
– Das nicht verkaufen alte Hexe. Wenn sie sein zu böse, ihr mir sagen. Ich, bum, bum, ich töte.
Er lacht wieder. Er deckt uns zu, löscht die Lampe und geht.
Tagsüber verstecken wir die Decken in der Dachkammer.

Übung zur Abhärtung des Geistes

Großmutter sagt zu uns:
– Hundesöhne!
Die Leute sagen zu uns:
– Hexensöhne! Hurensöhne!
Andere sagen:
– Schwachköpfe! Spitzbuben! Rotzbengel! Esel! Ferkel! Schweine! Gesindel! Luder! Kleine Scheißer! Galgenstricke! Mörderbrut!
Wenn wir diese Wörter hören, wird unser Gesicht rot, unsere Ohren dröhnen, unsere Augen brennen, unsere Knie zittern.
Wir wollen nicht mehr rot werden und zittern, wir wollen uns an die Beschimpfungen, an die verletzenden Wörter gewöhnen.
Wir setzen uns einander gegenüber an den Küchentisch und sagen uns, uns in die Augen sehend, immer gräßlichere Wörter.
Der eine:
– Mistkerl! Arschloch!
Der andere:
– Drecksack! Schweinehund!
Wir machen so lange weiter, bis die Wörter nicht mehr in unser Hirn dringen, nicht einmal mehr in unsere Ohren.
Wir üben täglich etwa eine halbe Stunde, dann gehen wir durch die Straßen spazieren.
Wir richten es so ein, daß die Leute uns beschimpfen, und wir stellen fest, daß es uns schließlich gelingt, gleichgültig zu bleiben.
Aber es gibt auch die alten Wörter.
Unsere Mutter sagte zu uns:

– Meine Lieblinge! Meine Süßen! Mein Glück! Meine allerliebsten Babys!
Wenn wir uns an diese Wörter erinnern, füllen sich unsere Augen mit Tränen.
Diese Wörter müssen wir vergessen, weil uns jetzt niemand solche Wörter sagt und weil die Erinnerung an sie eine zu schwere Last für uns ist.
Daher setzen wir unsere Übung auf andere Weise fort.
Wir sagen:
– Meine Lieblinge! Meine Süßen! Ich liebe euch ... Ich werde euch nie verlassen ... Ich werde nur euch lieben ... Immer ... Ihr seid mein ganzes Leben ...
Durch vieles Wiederholen verlieren die Wörter allmählich ihre Bedeutung, und der Schmerz, den sie in sich tragen, läßt nach.

Die Schule

Das hat sich vor drei Jahren zugetragen.
Es ist Abend. Unsere Eltern glauben, wir schlafen. Im anderen Zimmer sprechen sie über uns.
Unsere Mutter sagt:
– Sie werden es nicht ertragen, getrennt zu sein.
Unser Vater sagt:
– Sie werden nur während der Schulstunden getrennt sein.
Unsere Mutter sagt:
– Sie werden es nicht ertragen.
– Es muß aber sein. Es ist notwendig für sie. Alle sagen es. Die Lehrer, die Psychologen. Anfangs wird es schwer sein, aber sie werden sich daran gewöhnen.
Unsere Mutter sagt:
– Nein, niemals. Ich weiß es. Ich kenne sie. Sie sind ein und dieselbe Person.
Unser Vater hebt die Stimme:
– Eben, das ist nicht normal. Sie denken zusammen, sie handeln zusammen. Sie leben in einer Welt für sich. In ihrer Welt. Das alles ist nicht sehr gesund. Es ist sogar beängstigend. Ja, sie ängstigen mich. Sie sind merkwürdig. Man weiß nie, was sie denken. Sie sind zu weit für ihr Alter. Sie wissen zuviel.
Unsere Mutter lacht:
– Du wirst ihnen doch nicht ihre Intelligenz vorwerfen!
– Das ist nicht komisch. Warum lachst du?
Unsere Mutter antwortet:
– Zwillinge machen immer Probleme. Das ist kein Drama. Es wird sich geben.

Unser Vater sagt:
– Ja, es wird sich alles geben, wenn man sie trennt. Jeder Mensch muß sein eigenes Leben haben.
Ein paar Tage später beginnen wir die Schule. Jeder in einer anderen Klasse. Wir setzen uns in die erste Reihe.
Wir sind durch die ganze Länge des Gebäudes voneinander getrennt. Diese Entfernung zwischen uns erscheint uns ungeheuerlich, der Schmerz, den wir deswegen empfinden, ist unerträglich. Es ist, als habe man uns die Hälfte unseres Körpers weggenommen. Wir haben kein Gleichgewicht mehr, uns wird schwindlig, wir fallen, wir verlieren das Bewußtsein.
Wir erwachen in der Ambulanz, die uns ins Krankenhaus bringt.
Unsere Mutter holt uns ab. Sie lächelt, sie sagt:
– Ab morgen seid ihr in derselben Klasse.
Zu Hause sagt unser Vater lediglich:
– Simulanten!
Bald darauf geht er an die Front. Er ist Journalist, Kriegsberichterstatter.
Wir gehen zweieinhalb Jahre zur Schule. Auch die Lehrer gehen an die Front; sie werden durch Lehrerinnen ersetzt. Später schließt die Schule, denn es gibt zuviel Alarm und Bombenangriffe.
Wir können lesen, schreiben, rechnen.
Bei Großmutter beschließen wir, ohne Lehrer weiterzulernen, allein.

Der Kauf des Papiers, des Hefts und der Bleistifte

Bei Großmutter gibt es weder Papier noch Bleistift. Wir gehen welche holen in dem Geschäft, das »Bücher/Schreibwaren« heißt. Wir suchen ein Paket kariertes Papier aus, zwei Bleistifte und ein großes dickes Heft. Wir legen alles auf die Theke vor einen fetten Herrn, der dahinter steht. Wir sagen zu ihm:

– Wir brauchen diese Sachen, aber wir haben kein Geld.

Der Buchhändler sagt:

– Was? Aber... man muß zahlen.

Wir wiederholen:

– Wir haben kein Geld, aber wir brauchen diese Sachen unbedingt.

Der Buchhändler sagt:

– Die Schule ist geschlossen. Niemand braucht Hefte und Bleistifte.

Wir sagen:

– Wir machen die Schule bei uns. Ganz allein, wir selber.

– Bittet eure Eltern um Geld.

– Unser Vater ist an der Front, und unsere Mutter ist in der Großen Stadt geblieben. Wir wohnen bei unserer Großmutter, auch sie hat kein Geld.

Der Buchhändler sagt:

– Ohne Geld könnt ihr nichts kaufen.

Wir sagen nichts mehr, wir schauen ihn an. Auch er schaut uns an. Seine Stirn ist feucht von Schweiß. Nach einer Weile schreit er:

– Schaut mich nicht so an! Raus hier!

Wir sagen:
– Wir sind gewillt, einige Arbeiten auszuführen für diese Sachen. Ihren Garten gießen, zum Beispiel, Unkraut jäten, Päckchen austragen ...
Er schreit wieder:
– Ich habe keinen Garten. Ich brauche euch nicht! Und überhaupt, könnt ihr nicht normal reden?
– Wir reden normal.
– In eurem Alter zu sagen: »gewillt, auszuführen«, ist das etwa normal?
– Wir sprechen korrekt.
– Zu korrekt, ja. Ich kann eure Redeweise überhaupt nicht leiden! Auch nicht, wie ihr mich anschaut. Raus hier!
Wir fragen:
– Besitzen Sie Hühner, mein Herr?
Er betupft sein weißes Gesicht mit einem weißen Taschentuch.
Er fragt, ohne zu schreien:
– Hühner? Wieso Hühner?
– Weil, wenn Sie keine haben, wir über eine gewisse Anzahl Eier verfügen und sie Ihnen bringen können für diese Sachen, die uns unverzichtbar sind.
Der Buchhändler schaut uns an, er sagt nichts.
Wir sagen:
– Der Eierpreis steigt täglich. Der Preis für Papier und Bleistifte dagegen ...
Er wirft unser Papier, unsere Bleistifte, unser Heft zur Tür und brüllt:
– Raus! Ich brauche eure Eier nicht! Nehmt das alles, und kommt nie wieder!
Wir heben die Sachen sorgsam auf und sagen:
– Wir werden aber wiederkommen müssen, wenn wir kein Papier mehr haben oder wenn unsere Bleistifte verbraucht sind.

Unsere Studien

Für unsere Studien haben wir das Wörterbuch unseres Vaters und die Bibel, die wir hier bei Großmutter gefunden haben, in der Dachkammer.
Wir haben Unterrichtsstunden in Rechtschreibung, Aufsatz, Lesen, Kopfrechnen, Mathematik und Gedächtnisübungen.
Wir benutzen das Wörterbuch für die Rechtschreibung und um Erklärungen zu erhalten, aber auch um neue Wörter zu lernen, Synonyme, Antonyme.
Die Bibel dient uns zum laut Lesen, für die Diktate und für die Gedächtnisübungen. Wir lernen also ganze Teile der Bibel auswendig.
Und so geht eine Aufsatzstunde vor sich:
Wir sitzen am Küchentisch mit unsern karierten Blättern, unsern Bleistiften und dem Großen Heft. Wir sind allein.
Einer von uns sagt:
– Die Überschrift deines Aufsatzes ist: »Die Ankunft bei Großmutter«.
Der andere sagt:
– Die Überschrift deines Aufsatzes ist: »Unsere Arbeiten«.
Wir beginnen zu schreiben. Wir haben zwei Stunden, um das Thema zu behandeln, und zwei Blatt Papier zur Verfügung.
Nach zwei Stunden tauschen wir unsere Blätter aus, jeder von uns korrigiert die Schreibfehler des andern mit Hilfe des Wörterbuchs und schreibt unten auf die Seite: »Gut« oder »Nicht gut«. Wenn es »Nicht gut« ist, werfen wir den Aufsatz ins Feuer und versuchen, dasselbe

Thema in der nächsten Stunde zu behandeln. Wenn es »Gut« ist, können wir den Aufsatz in das Große Heft abschreiben.
Um zu entscheiden, ob es »Gut« oder »Nicht gut« ist, haben wir eine sehr einfache Regel: Der Aufsatz muß wahr sein. Wir müssen beschreiben, was ist, was wir sehen, was wir hören, was wir machen.
Zum Beispiel ist es verboten zu schreiben: »Großmutter sieht wie eine Hexe aus«, aber es ist erlaubt zu schreiben: »Die Leute nennen Großmutter eine Hexe.«
Es ist verboten zu schreiben: »Die Kleine Stadt ist schön«, denn die Kleine Stadt kann für uns schön und für jemand anders häßlich sein.
Auch wenn wir schreiben: »Der Adjutant ist nett«, ist das keine Wahrheit, weil der Adjutant vielleicht zu Gemeinheiten imstande ist, die wir nicht kennen. Wir werden also einfach schreiben: »Der Adjutant gibt uns Dekken.«
Wir werden schreiben: »Wir essen viele Nüsse«, und nicht: »Wir lieben Nüsse«, denn das Wort »lieben« ist kein sicheres Wort, es fehlt ihm an Genauigkeit und Sachlichkeit. »Nüsse lieben« und »unsere Mutter lieben« kann nicht dasselbe bedeuten. Der erste Ausdruck bezeichnet einen angenehmen Geschmack im Mund und der andere ein Gefühl.
Die Wörter, die die Gefühle definieren, sind sehr unbestimmt, es ist besser, man vermeidet sie und hält sich an die Beschreibung der Dinge, der Menschen und von sich selbst, das heißt an die getreue Beschreibung der Tatsachen.

Unsere Nachbarin und ihre Tochter

Unsere Nachbarin ist weniger alt als Großmutter. Sie wohnt mit ihrer Tochter im letzten Haus der Kleinen Stadt. Es ist eine völlig verfallene Hütte, das Dach ist an mehreren Stellen durchlöchert. Ringsum ist ein Garten, aber er ist nicht bepflanzt wie Großmutters Garten. Es wächst nur Unkraut darin.

Die Nachbarin sitzt den ganzen Tag auf einem Schemel in ihrem Garten und sieht vor sich hin, man weiß nicht auf was. Abends oder wenn es regnet, nimmt ihre Tochter sie am Arm und führt sie ins Haus. Manchmal vergißt ihre Tochter sie oder ist nicht da, dann bleibt die Mutter die ganze Nacht draußen, bei jedem Wetter.

Die Leute sagen, daß unsere Nachbarin verrückt ist, daß sie den Verstand verloren hat, als der Mann, der ihr das Kind gemacht hat, sie verlassen hat.

Großmutter sagt, daß die Nachbarin bloß faul ist und lieber in Armut lebt, als sich an die Arbeit zu machen.

Die Tochter der Nachbarin ist nicht größer als wir, aber sie ist ein bißchen älter. Tagsüber bettelt sie in der Stadt, vor den Kneipen, an den Straßenecken. Auf dem Markt liest sie das verfaulte Gemüse und Obst auf, das die Leute wegwerfen, und bringt es nach Hause. Sie stiehlt auch alles, was sie stehlen kann. Wir haben sie mehrmals aus unserm Garten verjagen müssen, wo sie Früchte und Eier zu stehlen versuchte.

Einmal überraschen wir sie dabei, wie sie Milch aus dem Euter einer unserer Ziegen trinkt.

Als sie uns sieht, steht sie auf, wischt sich den Mund mit dem Handrücken ab, sie weicht zurück und sagt:

– Tut mir nichts!

Sie fügt hinzu:
– Ich kann sehr schnell laufen. Ihr fangt mich nicht.
Wir schauen sie an. Zum erstenmal sehen wir sie von nahem. Sie hat eine Hasenscharte, sie schielt, sie hat Rotz an der Nase und in den Winkeln ihrer roten Augen gelben Dreck. Ihre Beine und Arme sind voller Pusteln.
Sie sagt:
– Man nennt mich Hasenscharte. Ich mag Milch.
Sie lächelt. Sie hat schwarze Zähne.
– Ich mag Milch, aber besonders gern sauge ich am Euter. Es ist gut. Es ist hart und weich zugleich.
Wir antworten nicht. Sie kommt näher.
– Ich sauge auch gern an was anderm.
Sie streckt die Hand aus, wir weichen zurück. Sie sagt:
– Ihr wollt nicht? Ihr wollt nicht mit mir spielen? Ich möchte so gern. Ihr seid so schön.
Sie senkt den Kopf, sie sagt:
– Ihr ekelt euch vor mir.
Wir sagen:
– Nein, wir ekeln uns nicht vor dir.
– Ich verstehe. Ihr seid zu jung, zu schüchtern. Aber bei mir braucht ihr euch nicht zu genieren. Ich werde euch sehr lustige Spiele beibringen.
Wir sagen ihr:
– Wir spielen nie.
– Was macht ihr dann den ganzen Tag?
– Wir arbeiten, wir lernen.
– Ich, ich bettle, ich stehle und ich spiele.
– Du kümmerst dich um deine Mutter. Du bist ein gutes Mädchen.
Sie sagt, näherkommend:
– Ihr findet mich gut? Wirklich?
– Ja. Und wenn du was brauchst für deine Mutter oder für dich, frag uns nur. Wir werden dir Obst, Gemüse, Fische, Milch geben.

Sie beginnt zu schreien:
– Ich will euer Obst, eure Fische, eure Milch nicht! Das alles kann ich stehlen. Ich will, daß ihr mich mögt. Niemand mag mich. Nicht mal meine Mutter. Aber auch ich mag niemand. Weder meine Mutter noch euch! Ich hasse euch!

Übung im Betteln

Wir ziehen schmutzige und zerrissene Kleider an, wir ziehen unsere Schuhe aus, wir machen uns das Gesicht und die Hände schmutzig. Wir gehen auf die Straße. Wir bleiben stehen, wir warten.

Wenn ein fremder Offizier an uns vorbeikommt, heben wir den rechten Arm zum Gruß und strecken die linke Hand aus. Meistens geht der Offizier vorbei, ohne stehenzubleiben, ohne uns zu sehen, ohne uns anzuschauen.

Schließlich bleibt ein Offizier stehen. Er sagt etwas in einer Sprache, die wir nicht verstehen. Er stellt uns Fragen. Wir antworten nicht, wir bleiben unbewegt, einen Arm erhoben, den andern ausgestreckt. Da wühlt er in seinen Taschen, er legt eine Münze und ein Stück Schokolade in unsere schmutzige Hand und geht kopfschüttelnd weg.

Wir warten weiter.

Eine Frau kommt vorbei. Wir strecken die Hand aus. Sie sagt:

– Arme Kleinen. Ich habe nichts für euch.

Sie streichelt unsere Haare.

Wir sagen:

– Danke.

Eine andere Frau gibt uns zwei Äpfel, eine andere Kekse.

Eine Frau kommt vorbei. Wir strecken die Hand aus, sie bleibt stehen, sie sagt:

– Schämt ihr euch nicht zu betteln? Kommt mit zu mir, da gibt es kleine leichte Arbeiten für euch, Holzhacken, zum Beispiel, oder die Terrasse schrubben. Ihr seid groß

und stark genug dafür. Danach, wenn ihr gut arbeitet, gebe ich euch Suppe und Brot.
Wir antworten:
– Wir haben keine Lust, für Sie zu arbeiten, gnädige Frau. Wir haben keine Lust, Ihre Suppe und Ihr Brot zu essen. Wir haben keinen Hunger.
Sie fragt:
– Warum bettelt ihr dann?
– Um zu wissen, wie das ist, und um die Reaktion der Leute zu beobachten.
Weggehend schreit sie:
– Dreckige kleine Lausebengel! Und frech dazu!
Auf dem Heimweg werfen wir die Äpfel, die Kekse, die Schokolade und die Münzen ins hohe Gras, das die Straße säumt.
Die Liebkosung auf unseren Haaren läßt sich nicht wegwerfen.

Hasenscharte

Wir angeln am Fluß. Hasenscharte kommt angerannt. Sie sieht uns nicht. Sie legt sich ins Gras, zieht ihren Rock hoch. Sie trägt keinen Schlüpfer. Wir sehen ihren nackten Hintern und die Haare zwischen den Beinen. Wir haben noch keine Haare zwischen den Beinen. Hasenscharte hat welche, aber sehr wenige.

Hasenscharte pfeift. Ein Hund kommt. Es ist unser Hund. Sie nimmt ihn in die Arme, sie rollt sich mit ihm im Gras. Der Hund bellt, macht sich los, schüttelt sich und läuft weg. Hasenscharte ruft ihn mit sanfter Stimme und streichelt dabei ihr Geschlecht mit den Fingern.

Der Hund kommt zurück, schnuppert mehrmals am Geschlecht von Hasenscharte und beginnt es zu lecken.

Hasenscharte spreizt die Beine, drückt den Kopf des Hundes mit beiden Beinen auf ihren Bauch. Sie atmet sehr stark und windet sich.

Das Geschlecht des Hundes wird sichtbar, es wird immer länger, es ist dünn und rot. Der Hund hebt den Kopf, er versucht auf Hasenscharte zu klettern.

Hasenscharte dreht sich um, sie liegt auf den Knien, sie streckt dem Hund ihren Hintern entgegen. Der Hund stellt seine Vorderbeine auf den Rücken von Hasenscharte, seine Hinterbeine zittern. Er sucht, rückt immer näher, drängt sich zwischen die Beine von Hasenscharte, preßt sich gegen ihre Hinterbacken. Er bewegt sich sehr schnell vor und zurück. Hasenscharte schreit und fällt nach einer Weile auf den Bauch.

Der Hund entfernt sich langsam.

Hasenscharte bleibt eine Weile liegen, dann steht sie auf, sieht uns, sie wird rot. Sie schreit:

– Dreckige kleine Spione! Was habt ihr gesehen?
Wir antworten:
– Wir haben dich mit unserm Hund spielen sehen.
Sie fragt:
– Bin ich noch eure Kameradin?
– Ja. Und wir erlauben dir, mit unserm Hund zu spielen, so oft du willst.
– Und ihr sagt niemand, was ihr gesehen habt?
– Wir sagen nie jemand was. Du kannst auf uns zählen.
Sie setzt sich ins Gras, sie weint:
– Nur die Tiere mögen mich.
Wir fragen:
– Stimmt es, daß deine Mutter verrückt ist?
– Nein. Sie ist bloß stumm und blind.
– Was ist ihr passiert?
– Nichts. Nichts Besonderes. Eines Tages ist sie blind geworden, und später ist sie taub geworden. Sie sagt, mir wird es genauso gehen. Habt ihr meine Lider gesehen? Morgens, wenn ich aufwache, sind meine Lider verklebt, meine Augen sind voller Eiter.
Wir sagen:
– Das ist bestimmt eine Krankheit, die die Medizin heilen kann.
Sie sagt:
– Vielleicht. Aber wie soll ich ohne Geld zu einem Arzt gehen? Außerdem gibt es keinen Arzt. Sie sind alle an der Front.
Wir fragen:
– Und deine Ohren? Tun dir die Ohren weh?
– Nein, mit meinen Ohren habe ich keine Probleme. Und ich glaube, auch meine Mutter nicht. Sie tut so, als ob sie nichts hört, das ist bequem für sie, wenn ich ihr Fragen stelle.

Übung in Blindheit und Taubheit

Einer von uns spielt den Blinden, der andere spielt den Tauben. Zur Einübung bindet anfangs der Blinde ein schwarzes Kopftuch von Großmutter um seine Augen, der Taube verstopft sich die Ohren mit Gras. Das Tuch stinkt wie Großmutter.

Wir geben uns die Hand, wir gehen während des Alarms spazieren, wenn die Leute sich in den Kellern verstecken und die Straßen leer sind.

Der Taube beschreibt, was er sieht.

– Die Straße ist gerade und lang. Sie ist von niedrigen einstöckigen Häusern gesäumt. Sie sind weiß, grau, rosa, gelb und blau. Am Ende der Straße sieht man einen Park mit Bäumen und einem Brunnen. Der Himmel ist blau mit ein paar weißen Wolken. Man sieht Flugzeuge. Fünf Bomber. Sie fliegen tief.

Der Blinde spricht langsam, damit der Taube von seinen Lippen lesen kann:

– Ich höre die Flugzeuge. Sie erzeugen ein ruckartiges, tiefes Geräusch. Ihr Motor müht sich. Sie sind mit Bomben beladen. Jetzt sind sie weg. Ich höre wieder die Vögel. Sonst ist alles still.

Der Taube liest von den Lippen des Blinden und antwortet:

– Ja, die Straße ist leer.

Der Blinde sagt:

– Nicht mehr lange. Ich höre Schritte kommen in der Seitenstraße, links.

Der Taube sagt:

– Du hast recht. Da ist er, es ist ein Mann.

Der Blinde fragt:

– Wie ist er?
Der Taube antwortet:
– So wie alle. Arm, alt.
Der Blinde sagt:
– Ich weiß. Ich erkenne den Schritt der Alten. Ich höre auch, daß er barfuß geht, also ist er arm.
Der Taube sagt:
– Er ist kahl. Er trägt eine alte Armeejacke. Er trägt zu kurze Hosen. Seine Füße sind schmutzig.
– Seine Augen?
– Ich sehe sie nicht. Er blickt zu Boden.
– Sein Mund?
– Zu eingefallene Lippen. Bestimmt hat er keine Zähne mehr.
– Seine Hände?
– In den Taschen. Die Taschen sind riesig und mit irgendwas gefüllt. Mit Kartoffeln oder Nüssen, es sieht aus wie kleine Beulen. Er hebt den Kopf, er schaut uns an. Aber ich kann die Farbe seiner Augen nicht erkennen.
– Siehst du sonst nichts?
– Falten, tief wie Narben, auf seinem Gesicht.
Der Blinde sagt:
– Ich höre die Sirenen. Es ist das Ende des Alarms. Gehen wir nach Hause.
Später, mit der Zeit, brauchen wir kein Tuch mehr für die Augen und kein Gras mehr für die Ohren. Derjenige, der den Blinden spielt, wendet einfach seinen Blick nach innen, der Taube verschließt seine Ohren vor jedem Geräusch.

Der Deserteur

Wir finden einen Mann im Wald. Einen lebenden Mann, einen jungen Mann, ohne Uniform. Er liegt hinter einem Busch. Er schaut uns an, ohne sich zu rühren.
Wir fragen ihn:
– Warum bleiben Sie da liegen?
Er antwortet:
– Ich kann nicht mehr laufen. Ich komme von der andern Seite der Grenze. Ich bin seit zwei Wochen auf den Beinen. Tag und Nacht. Besonders in der Nacht. Ich bin jetzt zu schwach. Ich habe Hunger. Ich habe seit drei Tagen nichts gegessen.
Wir fragen:
– Warum haben Sie keine Uniform? Alle jungen Männer haben eine Uniform. Sie sind alle Soldaten.
Er sagt:
– Ich will nicht mehr Soldat sein.
– Sie wollen nicht mehr gegen den Feind kämpfen?
– Ich will gegen niemand kämpfen. Ich habe keine Feinde. Ich will nach Hause zurück.
– Wo ist Ihr Zuhause?
– Noch weit weg. Ich werde nicht hinkommen, wenn ich nichts zu essen finde.
Wir fragen:
– Warum kaufen Sie sich nicht was zu essen? Haben sie kein Geld?
– Nein, ich habe kein Geld, und ich kann mich nicht zeigen. Ich muß mich verstecken. Man darf mich nicht sehen.
– Warum?
– Ich habe mein Regiment unerlaubt verlassen. Ich bin

geflohen. Ich bin ein Deserteur. Wenn man mich fände, würde man mich erschießen oder aufhängen.

Wir fragen:

– Wie einen Mörder?

– Ja, genau wie einen Mörder.

– Dabei wollen Sie doch niemand töten. Sie wollen bloß nach Hause zurück.

– Ja, bloß nach Hause zurück.

Wir fragen:

– Was sollen wir Ihnen zu essen bringen?

– Irgend etwas.

– Ziegenmilch, harte Eier, Brot, Obst?

– Ja, ja, irgend was.

Wir fragen:

– Und eine Decke? Die Nächte sind kalt, und es regnet oft.

Er sagt:

– Ja, aber man darf euch nicht sehen. Und ihr sagt niemand etwas, nicht wahr? Nicht mal eurer Mutter.

Wir antworten:

– Man wird uns nicht sehen, wir sagen nie jemand etwas, und wir haben keine Mutter.

Als wir mit dem Essen und der Decke wiederkommen, sagt er:

– Ihr seid nett.

Wir sagen:

– Wir wollten nicht nett sein. Wir haben Ihnen diese Sachen gebracht, weil Sie sie unbedingt brauchten. Das ist alles.

Er sagt noch:

– Ich weiß nicht, wie ich euch danken soll. Ich werde euch nie vergessen.

Seine Augen füllen sich mit Tränen.

Wir sagen:

– Sie wissen, weinen nutzt nichts. Wir weinen nie. Da-

bei sind wir noch keine Männer wie Sie.
Er lächelt und sagt:
– Ihr habt recht. Verzeiht mir, ich werde es nicht wieder tun. Es war nur wegen der Erschöpfung.

Übung in Fasten

Wir verkünden Großmutter:
– Heute und morgen werden wir nicht essen. Wir werden nur Wasser trinken.
Sie zuckt die Achseln:
– Das ist mir egal. Aber ihr arbeitet wie gewöhnlich.
– Natürlich, Großmutter.
Am ersten Tag schlachtet sie ein Huhn und brät es im Ofen. Mittags ruft sie uns:
– Kommt essen!
Wir gehen in die Küche, es riecht sehr gut. Wir haben ein bißchen Hunger, aber nicht zu sehr. Wir schauen zu, wie Großmutter das Huhn zerteilt.
Sie sagt:
– Wie gut das riecht. Riecht ihr, wie gut das riecht? Wollt ihr jeder einen Schenkel?
– Wir wollen nichts, Großmutter.
– Das ist schade, weil es wirklich sehr gut ist.
Sie ißt mit den Händen, leckt sich die Finger, wischt sie an ihrer Schürze ab. Sie knabbert und saugt an den Knochen.
Sie sagt:
– Sehr zart, dieses Huhn. Ich kann mir nichts Besseres vorstellen.
Wir sagen:
– Großmutter, seit wir bei Ihnen sind, haben Sie noch nie ein Huhn für uns gekocht.
Sie sagt:
– Heute habe ich eins gekocht. Ihr braucht bloß zu essen.
– Sie wußten, daß wir heute nichts essen wollen, und morgen auch nicht.

– Dafür kann ich nichts. Das ist wieder eine von euren Blödsinnigkeiten.
– Es ist eine von unsern Übungen. Um uns daran zu gewöhnen, den Hunger zu ertragen.
– Dann gewöhnt euch dran. Niemand hindert euch.
Wir verlassen die Küche, wir erledigen Arbeiten im Garten. Gegen Ende des Tags haben wir wirklich großen Hunger. Wir trinken viel Wasser. Am Abend können wir schlecht einschlafen. Wir träumen von Essen.
Am nächsten Mittag ißt Großmutter den Rest des Huhns auf. Wir schauen ihr in einer Art Nebel beim Essen zu. Wir haben keinen Hunger mehr. Uns ist schwindlig.
Am Abend macht Großmutter Pfannkuchen mit Marmelade und Quark. Uns ist übel, und wir haben Magenkrämpfe, aber als wir im Bett liegen, sinken wir in tiefen Schlaf. Als wir aufstehen, ist Großmutter schon zum Markt gegangen. Wir wollen frühstücken, aber es gibt nichts zu essen in der Küche. Weder Brot noch Milch, noch Käse. Großmutter hat alles im Keller verschlossen. Wir könnten ihn aufmachen, aber wir beschließen, nichts anzurühren. Wir essen Tomaten und rohe Gurken mit Salz.
Großmutter kommt vom Markt zurück, sie sagt:
– Ihr habt heute morgen eure Arbeit nicht getan.
– Sie hätten uns wecken müssen, Großmutter.
– Ihr hättet eben von allein aufwachen sollen. Aber ausnahmsweise gebe ich euch trotzdem was zu essen.
Sie macht uns eine Gemüsesuppe aus den Resten vom Markt, wie gewohnt. Wir essen wenig. Nach dem Essen sagt Großmutter:
– Das ist eine dämliche Übung. Und schlecht für die Gesundheit.

Großvaters Grab

Eines Tages sehen wir, wie Großmutter mit ihrer Gießkanne und ihren Gartengeräten das Haus verläßt. Doch statt in ihren Weinberg zu gehen, nimmt sie eine andere Richtung. Wir folgen ihr von weitem, um zu sehen, wohin sie geht.
Sie betritt den Friedhof. Sie bleibt vor einem Grab stehen, sie legt ihre Geräte ab. Der Friedhof ist leer, nur Großmutter und wir sind darin.
Uns hinter den Büschen und Grabsteinen versteckend, nähern wir uns mehr und mehr. Großmutter sieht und hört schlecht. Wir können sie beobachten, ohne daß sie es merkt.
Sie reißt das Unkraut vom Grab, gräbt mit einer Schaufel, harkt die Erde, pflanzt Blumen, holt Wasser vom Brunnen, kommt zurück und gießt das Grab.
Als sie ihre Arbeit beendet hat, räumt sie ihre Geräte zusammen, kniet sich dann vor das Holzkreuz, wobei sie sich aber auf ihre Fersen setzt. Sie faltet ihre Hände auf ihrem Bauch, als wolle sie ein Gebet sprechen, aber wir hören vor allem Schimpfwörter:
– Mistkerl... Drecksack... Schweinehund... verfaulter... verfluchter...
Als Großmutter weggeht, sehen wir uns das Grab an: Es ist sehr gepflegt. Wir betrachten das Kreuz: Der Name, der darauf steht, ist der unseres Großvaters. Der Vorname ist ein Doppelname mit einem Bindestrich, und diese beiden Vornamen sind unsere eigenen Vornamen.
Auf dem Kreuz stehen auch Geburts- und Todesdatum. Wir rechnen nach, daß unser Großvater im Alter von

vierundvierzig Jahren gestorben ist, vor dreiundzwanzig Jahren.

Am Abend fragen wir Großmutter:

– Wie war unser Großvater?

Sie sagt:

– Wie? Was? Ihr habt keinen Großvater.

– Aber wir hatten früher einen.

– Nein, nie. Als ihr geboren wurdet, war er schon tot. Also habt ihr nie einen Großvater gehabt.

Wir fragen:

– Warum haben Sie ihn vergiftet?

Sie fragt:

– Was sind das für Geschichten?

– Die Leute erzählen, daß Sie Großvater vergiftet haben.

– Die Leute erzählen ... die Leute erzählen ... Laßt sie erzählen.

– Sie haben ihn nicht vergiftet?

– Laßt mich in Ruhe, Hundesöhne! Nichts ist bewiesen worden! Die Leute erzählen alles mögliche.

Wir sagen noch:

– Wir wissen, daß Sie Großvater nicht mochten. Warum pflegen Sie dann sein Grab?

– Eben deswegen! Wegen dem, was die Leute erzählen. Damit sie aufhören zu erzählen und zu erzählen! Und woher wißt ihr, daß ich sein Grab pflege, he? Ihr habt mir nachspioniert, Hundesöhne, ihr habt mir wieder nachspioniert! Der Teufel soll euch holen!

Übung in Grausamkeit

Es ist Sonntag. Wir fangen ein Huhn, und wir schneiden ihm die Kehle durch, wie wir es Großmutter haben tun sehen. Wir bringen das Huhn in die Küche, und wir sagen:

– Man muß es kochen, Großmutter.

Sie fängt an zu schreien:

– Wer hat euch das erlaubt? Dazu habt ihr kein Recht! Ich bin es, die hier befiehlt, verdammte Scheißkerle! Ich werde es nicht kochen! Lieber krepiere ich!

Wir sagen:

– Das ist egal. Wir werden es selber kochen.

Wir beginnen, das Huhn zu rupfen, aber Großmutter reißt es uns aus den Händen:

– Ihr wißt nicht, wie man das macht! Kleine Dreckfinken, Elend meines Lebens, die Strafe Gottes, ja, das seid ihr!

Während das Huhn kocht, weint Großmutter:

– Es war das schönste. Sie haben mit Absicht das schönste genommen. Es war gerade richtig für den Dienstagsmarkt.

Das Huhn essend, sagen wir:

– Es ist sehr gut, dieses Huhn. Wir werden jeden Sonntag eins essen.

– Jeden Sonntag? Seid ihr verrückt! Wollt ihr mich zugrunde richten?

– Wir werden jeden Sonntag ein Huhn essen, ob Sie es wollen oder nicht.

Großmutter fängt wieder zu weinen an:

– Was habe ich ihnen bloß getan? Was für ein Elend! Sie wollen meinen Tod. Eine arme, wehrlose alte Frau. Das

habe ich nicht verdient. Wo ich doch so gut zu ihnen bin!
– Ja, Großmutter, Sie sind gut, sehr gut. Deshalb werden Sie uns aus Güte jeden Sonntag ein Huhn kochen.
Als sie sich ein bißchen beruhigt hat, sagen wir ihr noch:
– Wenn es was zu töten gibt, müssen Sie uns rufen. Wir werden es tun.
Sie sagt:
– Ihr mögt das, was?
– Nein, Großmutter, wir mögen es nicht. Gerade deswegen müssen wir uns daran gewöhnen.
Sie sagt:
– Ich verstehe. Eine neue Übung. Ihr habt recht. Man muß töten können, wenn es nötig ist.
Wir beginnen mit den Fischen. Wir packen sie am Schwanz, und wir schlagen ihren Kopf gegen einen Stein. Wir gewöhnen uns schnell daran, die Tiere zu töten, die zum essen bestimmt sind: Hühner, Kaninchen, Enten. Später töten wir Tiere, die zu töten nicht nötig wäre. Wir fangen Frösche, wir nageln sie auf ein Brett, und wir öffnen ihren Bauch. Wir fangen auch Schmetterlinge, wir spießen sie auf ein Stück Pappe. Bald haben wir eine schöne Sammlung.
Eines Tages hängen wir unsere Katze an einen Ast, einen roten Kater. Aufgehängt zieht er sich in die Länge, wird riesengroß. Er wird von Zuckungen, Krämpfen geschüttelt. Als er sich nicht mehr rührt, hängen wir ihn ab. Er bleibt flach im Gras liegen, reglos, dann springt er plötzlich auf und rennt davon.
Seitdem sehen wir ihn manchmal von weitem, aber er kommt nicht mehr in die Nähe des Hauses. Er trinkt nicht einmal die Milch, die wir in einem kleinen Teller vor die Tür stellen.
Großmutter sagt zu uns:

– Diese Katze wird immer scheuer.
Wir sagen:
– Keine Bange, Großmutter, wir kümmern uns um die Mäuse.
Wir basteln Fallen, und die Mäuse, die sich fangen lassen, ersäufen wir in kochendem Wasser.

Die anderen Kinder

Wir treffen andere Kinder in der Kleinen Stadt. Da die Schule geschlossen ist, sind sie den ganzen Tag draußen. Es gibt große und kleine. Manche haben ihr Haus und ihre Mutter hier, andere kommen von woanders, wie wir. Vor allem aus der Großen Stadt.

Viele dieser Kinder wohnen bei Leuten, die sie vorher nicht kannten. Sie müssen auf den Feldern und in den Weinbergen arbeiten; die Leute, die sie hüten, sind nicht immer nett zu ihnen.

Die großen Kinder greifen oft die kleinen an. Sie nehmen ihnen alles weg, was sie in den Taschen haben, manchmal sogar ihre Kleider. Sie schlagen sie auch, vor allem die, die von woanders herkommen. Die Kleinen von hier werden von ihren Müttern beschützt und gehen nie allein aus dem Haus.

Wir werden von niemand beschützt. Daher lernen wir, uns gegen die Großen zu wehren.

Wir stellen Waffen her: Wir schärfen Steine, füllen Socken mit Sand und Kies. Wir haben auch ein Rasiermesser, das wir in der Truhe in der Dachkammer gefunden haben, neben der Bibel. Wir brauchen nur unser Rasiermesser herauszuziehen, damit die Großen weglaufen.

An einem heißen Tag sitzen wir neben dem Brunnen, aus dem die Leute, die keinen eigenen Brunnen haben, Wasser holen. Ganz in der Nähe liegen Jungen, die größer sind als wir, im Gras. Es ist kühl hier unter den Bäumen, in der Nähe des Wassers, das ununterbrochen fließt.

Hasenscharte kommt mit einem Eimer, den sie unter den Hahn stellt, aus dem ein dünner Wasserfaden rinnt. Sie wartet, bis ihr Eimer voll ist.

Als der Eimer voll ist, steht einer der Jungen auf und spuckt hinein. Hasenscharte leert den Eimer, spült ihn aus und stellt ihn wieder unter den Hahn.
Der Eimer ist wieder voll, ein anderer Junge steht auf und spuckt hinein. Hasenscharte stellt den ausgespülten Eimer wieder unter den Hahn. Sie wartet nicht mehr, bis der Eimer voll ist, sie füllt ihn nur halb und versucht, schnell fortzulaufen.
Einer der Jungen rennt ihr nach, packt sie am Arm und spuckt in den Eimer.
Hasenscharte sagt:
– Hört doch auf! Ich muß sauberes und trinkbares Wasser heimbringen.
Der Junge sagt:
– Es ist sauberes Wasser. Ich habe bloß reingespuckt. Du willst doch nicht behaupten, meine Spucke ist schmutzig! Meine Spucke ist sauberer als alles, was bei euch ist.
Hasenscharte leert ihren Eimer aus, sie weint.
Der Junge öffnet seinen Hosenlatz und sagt:
– Lutsche! Wenn du ihn mir lutschst, lassen wir dich deinen Eimer füllen.
Hasenscharte hockt sich hin. Der Junge weicht zurück:
– Glaubst du, ich stecke meinen Pimmel in deinen drekkigen Mund? Schlampe!
Er tritt Hasenscharte gegen die Brust und macht seinen Hosenlatz wieder zu.
Wir nähern uns. Wir heben Hasenscharte auf, wir nehmen den Eimer, wir spülen ihn gut aus und stellen ihn unter den Hahn des Brunnens.
Einer der Jungen sagt zu den beiden andern:
– Kommt, wir spielen woanders.
Ein anderer sagt:
– Bist du verrückt? Jetzt wird's erst richtig lustig.

Der erste sagt:
– Vergiß es! Ich kenne sie. Sie sind gefährlich.
– Gefährlich? Diese kleinen Trottel? Ich knöpfe sie mir vor. Ihr werdet schon sehen!
Er kommt auf uns zu, will in den Eimer spucken, aber einer von uns stellt ihm ein Bein, der andere schlägt ihm mit einem Sandsack auf den Kopf. Der Junge fällt hin. Er bleibt liegen, betäubt. Die beiden andern sehen uns an. Einer von ihnen macht einen Schritt auf uns zu. Der andere sagt:
– Paß auf! Diese kleinen Schweine sind zu allem fähig. Einmal haben sie mir die Schläfe mit einem Stein aufgeschlitzt. Sie haben auch ein Rasiermesser und scheuen sich nicht, es zu benutzen. Sie würden dir skrupellos den Hals abschneiden. Sie sind völlig verrückt.
Die Jungen gehen weg.
Wir reichen Hasenscharte den vollen Eimer. Sie fragt uns:
– Warum habt ihr mir nicht gleich geholfen?
– Wir wollten sehen, wie du dich wehrst.
– Was hätte ich tun können gegen drei Große?
– Ihnen deinen Eimer an den Kopf werfen, ihnen das Gesicht zerkratzen, sie in die Eier treten, schreien, brüllen. Oder aber weglaufen und später wiederkommen.

Der Winter

Es wird immer kälter. Wir suchen in unsern Koffern und ziehen fast alles an, was wir darin finden: mehrere Pullover, mehrere Hosen. Aber wir können kein zweites Paar Schuhe über unsere abgetragenen und durchlöcherten Stadtschuhe ziehen. Außerdem haben wir keine andern. Wir haben auch keine Handschuhe und keine Mütze. Unsere Hände und Füße sind voller Frostbeulen.

Der Himmel ist dunkelgrau, die Straßen der Stadt sind leer, der Fluß ist zugefroren, der Wald ist verschneit. Wir können nicht mehr hinein. Und so werden wir bald kein Holz mehr haben.

Wir sagen zu Großmutter:

– Wir brauchen zwei Paar Gummistiefel.

Sie antwortet:

– Und was noch? Wo soll ich Geld hernehmen?

– Großmutter, es ist fast kein Holz mehr da.

– Ihr müßt eben sparsam damit sein.

Wir gehen nicht mehr aus dem Haus. Wir machen alle möglichen Übungen, wir schnitzen Gegenstände aus Holz, Löffel, Brotbretter, und wir lernen bis spät in die Nacht. Großmutter bleibt fast immer in ihrem Bett. Sie kommt nur selten in die Küche. Wir haben Ruhe.

Wir essen schlecht, es gibt kein Gemüse und Obst mehr, die Hühner legen nicht mehr. Großmutter holt jeden Tag ein paar Bohnen und Kartoffeln aus dem Keller, dabei ist er voller Rauchfleisch und Marmeladengläser.

Manchmal kommt der Briefträger. Er läßt die Klingel seines Fahrrads so lange klingeln, bis Großmutter aus dem Haus kommt. Dann feuchtet der Briefträger seinen Bleistift an, schreibt etwas auf ein Stück Papier, reicht den

Stift und das Papier Großmutter, die unten auf das Papier ein Kreuz macht. Der Briefträger gibt ihr Geld, ein Paket oder einen Brief und fährt pfeifend in die Stadt zurück. Großmutter schließt sich mit dem Paket oder mit dem Geld in ihr Zimmer ein. Wenn ein Brief da ist, wirft sie ihn ins Feuer.
Wir fragen:
– Großmutter, warum werfen Sie den Brief weg, ohne ihn zu lesen?
Sie antwortet:
– Ich kann nicht lesen. Ich bin nie in die Schule gegangen, ich habe immer nur gearbeitet. Ich bin nicht so verwöhnt worden wie ihr.
– Wir können Ihnen die Briefe vorlesen, die Sie bekommen.
– Niemand darf die Briefe lesen, die ich bekomme.
Wir fragen:
– Wer schickt Geld? Wer schickt Pakete? Wer schickt Briefe?
Sie antwortet nicht.
Am nächsten Tag, während sie im Keller ist, durchsuchen wir ihr Zimmer. Unter ihrem Bett finden wir ein geöffnetes Paket. Es sind Pullover drin, Schals, Mützen, Handschuhe. Wir sagen Großmutter nichts, sonst würde sie merken, daß wir einen Schlüssel zu ihrem Zimmer haben.
Nach dem Abendessen warten wir. Großmutter trinkt ihren Schnaps und schließt dann, schwankend, mit dem an ihrem Gürtel hängenden Schlüssel die Tür ihres Zimmers auf. Wir folgen ihr, stoßen sie in den Rücken. Sie fällt auf ihr Bett. Wir tun so, als würden wir das Paket suchen und finden.
Wir sagen:
– Das ist nicht nett, Großmutter. Wir frieren, wir haben keine warmen Kleider, wir können nicht mehr hinausge-

hen, und Sie wollen alles verkaufen, was unsere Mutter für uns gestrickt und uns geschickt hat.
Großmutter antwortet nicht, sie weint.
Wir sagen noch:
– Es ist unsere Mutter, die Geld schickt, es ist unsere Mutter, die Ihnen Briefe schreibt.
Großmutter sagt:
– Nicht mir schreibt sie. Sie weiß genau, daß ich nicht lesen kann. Vorher hat sie mir nie geschrieben. Jetzt, wo ihr da seid, schreibt sie. Aber ich brauche ihre Briefe nicht! Ich brauche nichts, was von ihr kommt!

Der Briefträger

Von nun an warten wir vor der Gartentür auf den Briefträger. Es ist ein alter Mann mit einer Schirmmütze. Er hat ein Fahrrad mit Ledertaschen am Gepäckträger.
Als er kommt, lassen wir ihm keine Zeit zu klingeln: Ganz schnell schrauben wir seine Klingel ab.
Er sagt:
– Wo ist eure Großmutter?
Wir sagen:
– Kümmern Sie sich nicht um sie. Geben Sie uns, was sie mitgebracht haben.
Er sagt:
– Es gibt nichts.
Er will wegfahren, aber wir stoßen ihn. Er fällt in den Schnee. Sein Fahrrad fällt auf ihn. Er flucht. Wir durchsuchen seine Satteltaschen, wir finden einen Brief und eine Überweisung. Wir nehmen den Brief, wir sagen:
– Geben Sie uns das Geld!
Er sagt:
– Nein. Es ist an eure Großmutter gerichtet.
Wir sagen:
– Aber es ist für uns bestimmt. Unsere Mutter schickt es uns. Wenn Sie es uns nicht geben, lassen wir Sie nicht aufstehen, bis Sie erfroren sind.
Er sagt:
– Einverstanden, einverstanden. Helft mir aufstehen, mein Bein ist unter dem Fahrrad eingeklemmt.
Wir heben das Fahrrad hoch und helfen dem Briefträger aufstehen. Er ist mager, sehr leicht.
Er holt das Geld aus seiner Tasche und gibt es uns.
Wir fragen:

– Wollen Sie eine Unterschrift oder ein Kreuz?
Er sagt:
– Das Kreuz reicht. Ein Kreuz ist soviel wert wie das andere.
Er fügt hinzu:
– Ihr habt recht, euch zu wehren. Alle Welt kennt eure Großmutter. Keiner ist so geizig wie sie. Also eure Mama schickt euch das alles? Sie ist sehr nett. Ich habe sie gekannt, als sie ganz klein war. Es war richtig, daß sie weggegangen ist. Hier hätte sie nie heiraten können. Bei all dem Gerede ...
Wir fragen:
– Was für ein Gerede?
– Daß sie ihren Mann vergiftet haben soll. Ich meine, eure Großmutter hat euren Großvater vergiftet. Eine alte Geschichte. Daher kommt es, daß man sie Hexe nennt.
Wir sagen:
– Wir wollen nicht, daß man Schlechtes über Großmutter sagt.
Der Briefträger dreht sein Fahrrad um:
– Gut, gut, schließlich solltet ihr Bescheid wissen.
Wir sagen:
– Wir wußten schon Bescheid. Von jetzt an werden Sie uns die Post geben. Sonst werden wir Sie töten. Haben Sie verstanden?
Der Briefträger sagt:
– Dazu wärt ihr imstande, Mörderbrut. Ihr sollt eure Post haben, mir ist das egal. Ich pfeife auf die Hexe.
Er geht, sein Fahrrad schiebend. Er zieht das Bein nach, um zu zeigen, daß wir ihm weh getan haben.
Am nächsten Tag gehen wir, warm angezogen, in die Stadt, um mit dem Geld, das unsere Mutter uns geschickt hat, Gummistiefel zu kaufen. Ihren Brief tragen wir unter unserm Hemd, einer nach dem andern.

Der Schuster

Der Schuster wohnt und arbeitet im Souterrain eines Hauses in der Nähe des Bahnhofs. Das Zimmer ist geräumig. In einer Ecke ist sein Bett, in einer andern seine Küche. Seine Werkstatt befindet sich vor dem Fenster, das zu ebener Erde geht. Der Schuster sitzt auf einem niedrigen Schemel, umgeben von Schuhen und Werkzeugen. Er betrachtet uns über seine Brille hinweg; er betrachtet unsere rissigen Lackschuhe.

Wir sagen:

– Guten Tag. Wir möchten Gummistiefel, wasserfest, warm. Verkaufen Sie welche? Wir haben Geld.

Er sagt:

– Ja, ich verkaufe welche. Aber die gefütterten, warmen sind sehr teuer.

Wir sagen:

– Wir brauchen sie unbedingt. Wir haben kalte Füße.

Wir legen das Geld, das wir haben, auf den niedrigen Tisch.

Der Schuster sagt:

– Das reicht gerade für ein Paar. Aber ein Paar kann reichen. Ihr habt dieselbe Schuhgröße. Ihr geht eben abwechselnd aus dem Haus.

– Das ist nicht möglich. Nie geht einer von uns ohne den andern aus dem Haus. Wir gehen immer zusammen.

– Bittet eure Eltern um mehr Geld.

– Wir haben keine Eltern. Wir wohnen bei unserer Großmutter, die man die Hexe nennt. Sie wird uns kein Geld geben.

Der Schuster sagt:

– Die Hexe ist eure Großmutter? Meine armen Kleinen!

Und ihr seid von ihr bis hierher gekommen in diesen Schuhen!
– Ja, wir sind gekommen. Wir können den Winter nicht ohne Stiefel verbringen. Wir müssen im Wald Holz holen; wir müssen den Schnee wegräumen. Wir brauchen unbedingt ...
– Zwei Paar warme und wasserfeste Stiefel.
Der Schuster lacht und reicht uns zwei Paar Stiefel:
– Probiert sie an.
Wir probieren sie an; sie passen sehr gut.
Wir sagen:
– Wir behalten sie. Wir zahlen Ihnen das zweite Paar im Frühling, wenn wir Fische und Eier verkaufen. Oder wenn es Ihnen lieber ist, bringen wir Ihnen Holz.
Der Schuster reicht uns unser Geld:
– Da. Nehmt es zurück. Ich will euer Geld nicht. Kauft euch lieber warme Socken. Ich schenke euch diese Stiefel, weil ihr sie unbedingt braucht.
Wir sagen:
– Wir nehmen nicht gerne Geschenke an.
– Und warum nicht?
– Weil wir nicht gern danke sagen.
– Ihr müßt überhaupt nichts sagen. Geht. Nein. Wartet! Nehmt noch diese Pantoffeln und diese Sandalen für den Sommer, und auch diese Halbschuhe. Sie sind sehr fest. Nehmt alles, was ihr wollt.
– Aber warum wollen Sie uns das alles geben?
– Ich brauche es nicht mehr. Ich werde bald weggehen.
Wir fragen:
– Wo gehen Sie hin?
– Woher soll ich das wissen? Man wird mich abholen und mich töten.
Wir fragen:
– Wer will Sie töten, und warum?
Er sagt:

– Stellt keine Fragen. Geht jetzt.
Wir nehmen die Schuhe, die Pantoffeln, die Sandalen. Wir haben die Stiefel an den Füßen. Wir bleiben vor der Tür stehen, wir sagen:
– Wir hoffen, daß man Sie nicht abholt. Oder, wenn man Sie abholt, daß man Sie nicht tötet. Auf Wiedersehen, und danke, vielen Dank.
Als wir heimkommen, fragt Großmutter:
– Wo habt ihr das gestohlen, Galgenstricke?
– Wir haben nichts gestohlen. Es ist ein Geschenk. Nicht jeder ist so geizig wie Sie, Großmutter.

Der Diebstahl

Mit unsern Stiefeln, unsern warmen Kleidern können wir wieder hinaus. Wir schlittern auf dem zugefrorenen Fluß, wir holen Holz im Wald.

Wir nehmen eine Axt und eine Säge. Man kann das heruntergefallene tote Holz nicht mehr aufsammeln; die Schneedecke ist zu dick. Wir klettern auf die Bäume, wir sägen die toten Äste ab und zerkleinern sie mit der Axt. Bei dieser Arbeit frieren wir nicht. Wir schwitzen sogar. So können wir unsere Handschuhe ausziehen und sie in unsere Taschen stecken, damit sie sich nicht so schnell abnützen.

Eines Tages, als wir mit unsern beiden Reisigbündeln heimgehen, machen wir einen Abstecher, um Hasenscharte zu besuchen.

Der Schnee vor der Hütte ist nicht weggefegt, und es führt keine Fußspur hin. Der Kamin raucht nicht.

Wir klopfen an die Tür, niemand antwortet. Wir treten ein. Zuerst sehen wir nichts, so finster ist es, aber unsere Augen gewöhnen sich schnell an die Dunkelheit.

Es ist ein Raum, der als Küche und Schlafzimmer dient. In der dunkelsten Ecke des Raumes steht ein Bett. Wir nähern uns. Wir rufen. Jemand bewegt sich unter den Decken und alten Kleidern; der Kopf von Hasenscharte taucht auf.

Wir fragen:

– Ist deine Mutter da?

Sie sagt:

– Ja.

– Ist sie tot?

– Ich weiß nicht.

Wir stellen unsere Bündel ab, und wir zünden das Feuer im Herd an, denn in dem Zimmer ist es genauso kalt wie draußen. Dann gehen wir zur Großmutter und holen Kartoffeln und Bohnen aus dem Keller. Wir melken eine Ziege und gehen zur Nachbarin zurück. Wir machen die Milch warm, wir lassen Schnee in einem Topf schmelzen und kochen die Bohnen darin. Die Kartoffeln rösten wir im Ofen.

Hasenscharte steht auf und setzt sich, schwankend, ans Feuer.

Die Nachbarin ist nicht tot. Wir gießen ihr Ziegenmilch in den Mund. Wir sagen zu Hasenscharte:

– Wenn alles gar ist, iß und gib deiner Mutter zu essen. Wir kommen wieder.

Mit dem Geld, das der Schuster uns zurückgegeben hat, haben wir einige Paar Socken gekauft, aber wir haben nicht alles ausgegeben. Wir gehen in ein Lebensmittelgeschäft, um etwas Mehl zu kaufen und Salz und Zucker mitzunehmen, ohne zu bezahlen. Wir gehen auch zum Metzger; wir kaufen eine dünne Scheibe Speck und nehmen eine dicke Wurst mit, ohne sie zu bezahlen. Wir gehen zu Hasenscharte zurück. Sie und ihre Mutter haben schon alles gegessen. Die Mutter ist im Bett geblieben. Hasenscharte spült das Geschirr.

Wir sagen ihr:

– Wir werden euch jeden Tag ein Bündel Holz bringen. Auch ein paar Bohnen und Kartoffeln. Aber für alles andere braucht man Geld. Wir haben keins mehr. Ohne Geld kann man in kein Geschäft gehen. Man muß etwas kaufen, um etwas anderes stehlen zu können.

Sie sagt:

– Wahnsinnig, wie schlau ihr seid. Ihr habt recht. Mich läßt man nicht mal in die Geschäfte rein. Ich hätte nie gedacht, daß ihr imstand wärt zu stehlen.

Wir sagen:

– Warum nicht? Das wird unsere Geschicklichkeitsübung sein. Aber wir brauchen ein bißchen Geld. Unbedingt.
Sie denkt nach und sagt:
– Geht zum Herrn Pfarrer und bittet ihn um welches. Er gab mir manchmal welches, wenn ich bereit war, ihm meinen Schlitz zu zeigen.
– Er bat dich darum?
– Ja. Und manchmal steckte er seinen Finger rein. Und danach gab er mir Geld, damit ich niemand was sage. Sagt ihm, Hasenscharte und ihre Mutter brauchen Geld.

Die Erpressung

Wir gehen zum Herrn Pfarrer. Er wohnt neben der Kirche in einem großen Haus, das Pfarrhaus heißt.
Wir ziehen an der Schnur der Glocke. Eine alte Frau öffnet die Tür:
– Was wollt ihr?
– Wir wollen den Herrn Pfarrer sehen.
– Weswegen?
– Wegen jemand, der im Sterben liegt.
Die Alte läßt uns in ein Vorzimmer eintreten. Sie klopft an eine Tür.
Sie schreit:
– Herr Pfarrer, es geht um eine letzte Ölung.
Eine Stimme antwortet hinter der Tür:
– Ich komme. Man soll auf mich warten.
Wir warten ein paar Minuten. Ein großer, magerer Mann mit strengem Gesicht kommt aus dem Zimmer. Er trägt eine Art weiß-goldenen Umhang über seinen dunklen Kleidern. Er fragt uns:
– Wo ist es? Wer hat euch geschickt?
– Hasenscharte und ihre Mutter.
Er sagt:
– Ich bitte euch um den genauen Namen dieser Leute.
– Wir kennen ihren genauen Namen nicht. Die Mutter ist blind und taub. Sie wohnen im letzten Haus der Stadt. Sie sind gerade im Begriff, vor Hunger und Kälte zu sterben.
Der Pfarrer sagt:
– Obwohl ich diese Personen überhaupt nicht kenne, bin ich bereit, ihnen die letzte Ölung zu geben. Gehen wir. Führt mich.

Wir sagen:
– Sie brauchen noch keine letzte Ölung. Sie brauchen ein bißchen Geld. Wir haben ihnen Holz gebracht, ein paar Kartoffeln und Bohnen, aber mehr können wir nicht tun. Hasenscharte hat uns hergeschickt. Sie haben ihr manchmal ein bißchen Geld gegeben.
Der Pfarrer sagt:
– Das ist möglich. Ich gebe vielen Armen Geld. Ich kann mich nicht an alle erinnern. Nehmt das!
Er wühlt in seinen Taschen unter dem Umhang und gibt uns ein paar Münzen. Wir nehmen sie und sagen:
– Es ist wenig. Es ist zu wenig. Das reicht nicht einmal, um einen Laib Brot zu kaufen.
Er sagt:
– Ich bedaure. Es gibt viele Arme. Und die Kirchgänger geben fast keine Opfer mehr. Alle Welt ist im Augenblick in Schwierigkeiten. Geht, Gott segne euch!
Wir sagen:
– Für heute können wir uns mit dieser Summe zufriedengeben, aber wir sind gezwungen, morgen wiederzukommen.
– Wie? Was soll das heißen? Morgen? Ich werde euch nicht hereinlassen. Verlaßt sofort dieses Haus.
– Morgen werden wir so lange läuten, bis Sie uns hereinlassen. Wir werden an die Fenster klopfen, wir werden mit den Füßen gegen Ihre Tür treten, und wir werden allen erzählen, was Sie mit Hasenscharte gemacht haben.
– Ich habe nie irgend etwas mit Hasenscharte gemacht. Ich weiß nicht einmal, wer das ist. Sie hat euch Dinge erzählt, die sie erfunden hat. Das Gerede eines schwachsinnigen Mädchens wird man nicht ernst nehmen. Niemand wird euch glauben. Alles, was sie erzählt, ist falsch!
Wir sagen:

– Unwichtig, ob es wahr oder falsch ist. Die Hauptsache ist die Verleumdung. Die Leute mögen den Skandal.
Der Pfarrer setzt sich auf einen Stuhl, wischt sich sein Gesicht mit einem Taschentuch ab.
– Das ist ungeheuerlich. Wißt ihr überhaupt, was ihr da tut?
– Ja, Herr Pfarrer. Erpressung.
– In eurem Alter ... Es ist traurig.
– Ja, es ist traurig, daß wir dazu gezwungen sind. Aber Hasenscharte und ihre Mutter brauchen unbedingt Geld.
Der Pfarrer steht auf, legt seinen Umhang ab und sagt:
– Es ist eine Prüfung, die Gott mir schickt. Wieviel wollt ihr? Ich bin nicht reich.
– Zehnmal soviel, wie Sie uns gegeben haben. Einmal pro Woche. Wir verlangen nichts Unmögliches.
Er zieht Geld aus seiner Tasche, gibt es uns:
– Kommt jeden Samstag. Aber bildet euch nur nicht ein, daß ich es tue, um eurer Erpressung nachzugeben. Ich tue es aus Nächstenliebe.
Wir sagen:
– Genau das haben wir von Ihnen erwartet, Herr Pfarrer.

Anklagen

Eines Nachmittags betritt der Adjutant die Küche. Wir haben ihn lange nicht gesehen. Er sagt:
– Ihr kommen helfen Jeep ausladen?
Wir ziehen unsere Stiefel an, wir folgen ihm zum Jeep, der auf der Straße vor der Gartentür steht. Der Adjutant reicht uns Kisten und Schachteln, die wir in das Zimmer des Offiziers tragen.
Wir fragen:
– Wird der Herr Offizier heute abend kommen? Wir haben ihn noch nie gesehen.
Der Adjutant sagt:
– Offizier nicht kommen im Winter her. Vielleicht nie kommen. Er haben Liebeskummer. Vielleicht finden jemand andern später. Muß vergessen. Ist nichts für euch so Geschichten. Ihr bringen Holz, um Zimmer zu heizen.
Wir bringen Holz, wir machen Feuer in dem kleinen Ofen. Der Adjutant öffnet die Kisten und Schachteln und stellt Wein-, Schnaps-, Bierflaschen auf den Tisch sowie viele eßbare Sachen: Würste, Fleisch- und Gemüsekonserven, Reis, Kekse, Schokolade, Zucker, Kaffee.
Der Adjutant öffnet eine Flasche, beginnt zu trinken und sagt:
– Ich Konserven warm machen im Blechnapf auf Spirituskocher. Heute abend essen, trinken, singen mit Kameraden. Feiern Sieg gegen Feind. Wir bald Krieg gewinnen mit neuer Wunderwaffe.
Wir fragen:
– Der Krieg ist also bald aus?
Er sagt:

– Ja. Sehr schnell. Warum ihr so anschauen Essen auf dem Tisch? Wenn ihr haben Hunger, Schokolade essen, Kekse, Wurst.
Wir sagen:
– Es gibt Leute, die verhungern.
– Na und? Nicht dran denken. Viele Leute an Hunger sterben oder an was anders. Wir nicht denken. Wir essen und nicht sterben.
Er lacht. Wir sagen:
– Wir kennen eine blinde und taube Frau, die mit ihrer Tochter hier in der Nähe wohnt. Sie werden diesen Winter nicht überleben.
– Ich nicht schuld dran.
– Doch Sie sind daran schuld. Sie und Ihr Land. Ihr habt uns den Krieg gebracht.
– Vor dem Krieg, was sie tun, um zu essen, die Blinde und Tochter?
– Vor dem Krieg lebten sie von Almosen. Die Leute gaben ihnen alte Kleider, alte Schuhe. Sie brachten ihnen zu essen. Jetzt gibt ihnen niemand mehr was. Die Leute sind alle arm oder haben Angst, es zu werden. Der Krieg hat sie geizig und egoistisch gemacht.
Der Adjutant schreit:
– Ich auf alles das pfeifen! Genug! Schnauze halten!
– Ja, Sie pfeifen darauf, und Sie essen unsere Nahrung.
– Nicht eure Nahrung. Ich das nehmen aus Kasernenvorrat.
– Alles, was auf diesem Tisch steht, kommt aus unserm Land: die Getränke, die Konserven, die Kekse, der Zukker. Es ist unser Land, das Ihre Armee ernährt.
Der Adjutant wird rot. Er setzt sich auf das Bett, nimmt den Kopf in die Hände:
– Ihr glaubt, ich wollen Krieg und in euer Scheißland kommen? Ich viel lieber zu Haus, ruhig, Stühle und Tische machen. Landwein trinken, mit unsern netten

Mädchen lustig sein. Hier alle böse, ihr auch, kleine Kinder. Ihr sagen, alles meine Schuld. Ich was kann machen? Wenn ich sagen, nicht in Krieg gehen, nicht in euer Land kommen, ich erschossen. Ihr alles nehmen, los, alles nehmen auf dem Tisch. Das Fest aus, ich traurig, ihr zu böse mit mir.
Wir sagen:
– Wir wollen nicht alles nehmen, bloß ein paar Konserven und ein bißchen Schokolade. Aber Sie könnten von Zeit zu Zeit, wenigstens während des Winters, Milchpulver mitbringen, Mehl oder irgend was anderes zu essen.
Er sagt:
– Gut. Das ich kann. Ihr morgen mit mir kommen zu Blinden. Aber dann ihr nett sein zu mir. Ja?
Wir sagen:
– Ja.
Der Adjutant lacht. Seine Freunde kommen. Wir gehen. Wir hören sie die ganze Nacht singen.

Die Magd des Pfarrers

Eines Morgens, gegen Ende des Winters, sitzen wir mit Großmutter in der Küche. Es klopft an der Tür; eine junge Frau tritt ein. Sie sagt:

– Guten Tag. Ich komme, um Kartoffeln zu holen für...

Sie hört auf zu sprechen, sie schaut uns an:

– Sie sind allerliebst!

Sie holt einen Schemel, sie setzt sich:

– Komm her, du.

Wir rühren uns nicht.

– Oder du.

Wir rühren uns nicht. Sie lacht:

– So kommt doch, kommt näher. Mache ich euch Angst?

Wir sagen:

– Niemand macht uns Angst.

Wir gehen zu ihr; sie sagt:

– Himmel! Wie schön ihr seid! Aber wie schmutzig!

Großmutter fragt:

– Was wollen Sie?

– Kartoffeln für den Herrn Pfarrer. Warum seid ihr so schmutzig? Wascht ihr euch nie?

Großmutter sagt, ärgerlich:

– Das geht Sie nichts an. Warum ist die Alte nicht gekommen?

Die junge Frau lacht von neuem:

– Die Alte? Sie war jünger als Sie. Aber sie ist gestern gestorben. Es war meine Tante. Ich vertrete sie im Pfarrhaus.

Großmutter sagt:

– Sie war fünf Jahre älter als ich. So, sie ist gestorben... Wieviel Kartoffeln wollen Sie?
– Zehn Kilo, oder mehr, wenn Sie welche haben. Und auch Äpfel. Und auch... Was haben Sie denn sonst noch? Der Herr Pfarrer ist dürr wie ein Stock, und er hat nichts in seiner Speisekammer.
Großmutter sagt:
– Er hätte im Herbst dran denken müssen.
– Diesen Herbst war ich noch nicht bei ihm. Ich bin erst seit gestern abend dort.
Großmutter sagt:
– Ich sag's Ihnen gleich, in dieser Jahreszeit ist alles Eßbare teuer.
Die junge Frau lacht wieder:
– Nennen Sie Ihren Preis. Wir haben keine Wahl. Es gibt fast nichts mehr in den Geschäften.
– Bald wird es nirgends mehr was geben.
Großmutter feixt und geht hinaus. Wir bleiben allein mit der Magd des Pfarrers. Sie fragt uns:
– Warum wascht ihr euch nie?
– Es gibt kein Badezimmer, es gibt keine Seife. Es gibt keine Möglichkeit, sich zu waschen.
– Und eure Kleider! Wie furchtbar! Habt ihr keine andern?
– Wir haben welche in den Koffern, unter der Bank. Aber sie sind schmutzig und zerrissen. Großmutter wäscht sie nie.
– Die Hexe ist eure Großmutter? Es gibt wirklich Wunder.
Die Hexe kommt mit zwei Säcken zurück:
– Das macht zehn Silberstücke oder ein Goldstück. Ich nehme keine Scheine. Die haben bald keinen Wert mehr, es ist Papier.
Die Magd fragt:
– Was ist in den Säcken?

Großmutter antwortet:
– Was Eßbares. Sie können es nehmen oder stehenlassen.
– Ich nehme es. Ich bringe Ihnen das Geld morgen. Können die Kleinen mir die Säcke tragen helfen?
– Sie können, wenn sie wollen. Sie wollen nicht immer. Sie gehorchen niemand.
Die Magd fragt uns:
– Ihr wollt doch, nicht wahr? Jeder von euch trägt einen Sack, und ich trage eure Koffer.
Großmutter fragt:
– Was ist das für eine Geschichte mit Koffern?
– Ich werde ihre schmutzigen Kleider waschen. Ich bringe sie morgen mit dem Geld wieder zurück.
Großmutter feixt:
– Ihre Kleider waschen? Wenn es Ihnen Spaß macht...
Wir gehen mit der Magd weg. Wir gehen bis zum Pfarrhaus hinter ihr her. Wir sehen zwei blonde Zöpfe auf ihrem schwarzen Halstuch tanzen, ihre dicken, langen Zöpfe. Sie reichen ihr bis zur Taille. Ihre Hüften tanzen unter dem roten Rock. Man kann ein Stück ihrer Beine zwischen dem Rock und den Stiefeln sehen. Die Strümpfe sind schwarz, und der rechte hat eine Laufmasche.

Das Bad

Wir kommen mit der Magd im Pfarrhaus an. Sie läßt uns durch die Hintertür herein. Wir stellen die Säcke in die Speisekammer und gehen in die Waschküche. Dort sind überall Wäscheseile gespannt. Es gibt Behälter aller Art, darunter eine sonderbar geformte Zinkbadewanne, wie ein tiefer Sessel.

Die Magd öffnet unsere Koffer, weicht unsere Kleider in kaltem Wasser ein, macht dann Feuer, um das Wasser in zwei großen Kesseln heißzumachen. Sie sagt:

– Ich werde sofort waschen, was ihr gleich braucht. Während ihr euch badet, wird es trocknen. Morgen oder übermorgen bringe ich euch die andern Kleider. Man muß sie auch flicken.

Sie gießt kochendes Wasser in die Badewanne; sie schüttet kaltes dazu:

– Also, wer fängt an?

Wir rühren uns nicht. Sie sagt:

– Du, oder du? Los, zieht euch aus!

Wir fragen:

– Wollen Sie hierbleiben, während wir uns baden?

Sie lacht sehr laut:

– Und ob ich hierbleiben werde! Ich werde euch sogar den Rücken schrubben und euch die Haare waschen. Ihr werdet euch vor mir doch nicht genieren! Ich könnte fast eure Mutter sein.

Wir rühren uns immer noch nicht. Da fängt sie an, sich auszuziehen:

– Dann fange ich eben an. Ihr seht, ich geniere mich nicht vor euch. Ihr seid bloß ganz kleine Jungen.

Sie trällert, aber ihr Gesicht wird rot, als sie merkt, daß

wir sie anschauen. Sie hat feste und spitze Brüste wie Luftballons, die noch nicht ganz aufgeblasen sind. Ihre Haut ist sehr weiß, und sie hat überall viele blonde Haare. Nicht nur zwischen den Beinen und unter den Armen, sondern auch auf dem Bauch und auf den Schenkeln. Sie fährt fort, im Wasser zu singen, und reibt sich dabei mit einem Waschlappen ab. Als sie aus dem Bad steigt, schlüpft sie schnell in einen Bademantel. Sie erneuert das Wasser der Badewanne und fängt an, die Wäsche zu waschen, uns den Rücken kehrend. Da ziehen wir uns aus und steigen gemeinsam ins Bad. Es ist reichlich Platz für uns beide.

Nach einer Weile reicht uns die Magd zwei große weiße Handtücher.

– Ich hoffe, ihr habt euch überall ordentlich abgerieben.

Wir sitzen auf einer Bank, in unsere Tücher gewickelt, und warten, daß unsere Kleider trocknen. Die Waschküche ist voll Dampf, und es ist sehr heiß. Die Magd kommt mit einer Schere:

– Ich werde euch die Nägel schneiden. Und hört auf, euch so anzustellen; ich fresse euch nicht.

Sie schneidet unsere Finger- und Fußnägel. Sie schneidet uns auch die Haare. Sie küßt uns auf das Gesicht und auf den Hals; und sie hört nicht auf zu sprechen:

– Oh, was für hübsche Füße, wie niedlich, wie sauber! Oh, was für allerliebste Ohren, was für ein zarter Hals! Oh! Wie gern hätte ich zwei so schöne, so hübsche kleine Jungen, ganz für mich allein! Ich würde sie überall kitzeln, überall, überall.

Sie streichelt uns und küßt uns auf den ganzen Körper. Sie kitzelt uns mit ihrer Zunge am Hals, unter den Armen, zwischen den Arschbacken. Sie kniet sich vor die Bank und lutscht unsere Geschlechtsteile, die in ihrem Mund wachsen und hart werden.

Jetzt sitzt sie zwischen uns beiden; sie drückt uns an sich:
– Wenn ich zwei so schöne kleine Babys hätte, würde ich ihnen gute süße Milch zu trinken geben, hier, da da, so.
Sie zieht unsre Köpfe an ihre Brüste, die aus dem Bademantel hervorgequollen sind, und wir saugen an den sehr hart gewordenen Spitzen. Die Magd steckt die Hände unter ihren Bademantel und reibt sich zwischen den Beinen:
– Wie schade, daß ihr nicht größer seid! Oh! Wie gut das tut, wie gut es tut, mit euch zu spielen!
Sie seufzt, sie keucht, und plötzlich wird sie steif.
Als wir gehen, sagt sie uns:
– Ihr werdet jeden Samstag kommen, um zu baden. Ihr bringt eure schmutzige Wäsche mit. Ich will, daß ihr immer sauber seid.
Wir sagen:
– Wir werden Ihnen Holz mitbringen für Ihre Arbeit. Und Fische und Pilze, wenn es welche gibt.

Der Pfarrer

Am folgenden Samstag kommen wir wieder, um unser Bad zu nehmen. Danach sagt die Magd zu uns:
– Kommt in die Küche. Ich mache Tee, und wir essen Butterbrote.
Wir sind gerade dabei, Butterbrote zu essen, als der Pfarrer in die Küche kommt.
Wir sagen:
– Guten Tag, Herr Pfarrer.
Die Magd sagt:
– Hochwürden, das sind meine Schützlinge. Die Enkel der alten Frau, die die Leute Hexe nennen.
Der Pfarrer sagt:
– Ich kenne sie. Kommt mit mir.
Wir folgen ihm. Wir gehen durch ein Zimmer, in dem nur ein großer runder Tisch mit Stühlen drum herum ist und ein Kruzifix an der Wand. Dann betreten wir ein dunkles Zimmer, dessen Wände bis zur Decke mit Büchern bedeckt sind. Gegenüber der Tür ein Betstuhl mit einem Kruzifix, am Fenster ein Schreibtisch, ein schmales Bett in einer Ecke, drei Stühle an der Wand entlang: das ist das ganze Mobiliar des Zimmers.
Der Pfarrer sagt:
– Ihr habt euch sehr verändert. Ihr seid sauber. Ihr seht aus wie zwei Engel. Setzt euch.
Er stellt zwei Stühle vor seinen Schreibtisch; wir setzen uns. Er setzt sich hinter seinen Schreibtisch. Er reicht uns einen Umschlag:
– Hier ist das Geld.
Wir nehmen den Umschlag und sagen:
– Bald können Sie aufhören, uns welches zu geben. Im Sommer kommt Hasenscharte allein zurecht.

Der Pfarrer sagt:
– Nein. Ich werde diesen beiden Frauen weiter helfen. Ich schäme mich, daß ich es nicht früher getan habe. Und wenn wir jetzt von etwas anderm sprechen würden?
Er sieht uns an; wir schweigen. Er sagt:
– Ich sehe euch nie in der Kirche.
– Wir gehen nicht hin.
– Betet ihr manchmal?
– Nein, wir beten nicht.
– Arme Schäflein. Ich werde für euch beten. Könnt ihr wenigstens lesen?
– Ja, Herr Pfarrer. Wir können lesen.
Der Pfarrer reicht uns ein Buch:
– Da, lest dieses. Ihr findet darin schöne Geschichten über Jesus Christus und das Leben der Heiligen.
– Diese Geschichten kennen wir schon. Wir haben eine Bibel. Wir haben das Alte und Neue Testament gelesen.
Der Pfarrer zieht seine schwarzen Augenbrauen hoch:
– Wie? Ihr habt die ganze Heilige Schrift gelesen?
– Ja, Herr Pfarrer. Wir können sogar einige Stellen auswendig.
– Welche zum Beispiel?
– Stellen aus der Genesis, dem Exodus, den Sprüchen Salomos und der Apokalypse und andere.
Der Pfarrer schweigt einen Augenblick, dann sagt er:
– Ihr kennt also die zehn Gebote. Beachtet ihr sie?
– Nein, Herr Pfarrer, wir beachten sie nicht. Niemand beachtet sie. Es steht geschrieben: »Du sollst nicht töten«, und alle Welt tötet.
Der Pfarrer sagt:
– Leider ... es ist Krieg.
Wir sagen:
– Wir würden gern andere Bücher lesen als die Bibel, aber wir haben keine. Sie haben welche. Sie könnten uns welche leihen.

– Die Bücher sind zu schwierig für euch.
– Sind sie schwieriger als die Bibel?
Der Pfarrer sieht uns an. Er fragt:
– Welche Art Bücher möchtet ihr gern lesen?
– Geschichtsbücher und Geographiebücher. Bücher, die wirkliche Dinge erzählen, keine erfundenen.
Der Pfarrer sagt:
– Bis nächsten Samstag werde ich geeignete Bücher für euch finden. Laßt mich jetzt allein. Geht wieder in die Küche und eßt eure Brote auf.

Die Magd und der Adjutant

Wir pflücken mit der Magd Kirschen im Garten. Der Adjutant und der fremde Offizier kommen im Jeep an. Der Offizier geht geradewegs in sein Zimmer. Der Adjutant bleibt bei uns stehen. Er sagt:
– Guten Tag, kleine Freunde, guten Tag, das hübsche Fräulein. Kirschen schon reif? Ich Kirschen sehr mögen, ich hübsches Fräulein sehr mögen.
Der Offizier ruft aus dem Fenster. Der Adjutant muß ins Haus. Die Magd sagt zu uns:
– Warum habt ihr mir nicht gesagt, daß bei euch Männer sind?
– Es sind Fremde.
– Na und? Was für ein schöner Mann, der Offizier!
Wir fragen:
– Der Adjutant gefällt Ihnen nicht?
– Er ist klein und dick.
– Aber er ist nett und lustig. Er spricht unsere Sprache gut.
Sie sagt:
– Das ist mir egal. Mir gefällt der Offizier.
Der Offizier setzt sich auf die Bank vor dem Fenster. Der Korb der Magd ist voller Kirschen, sie könnte ins Pfarrhaus zurückkehren, aber sie bleibt da. Sie betrachtet den Offizier, sie lacht sehr laut. Sie hängt sich an einen Ast, sie schaukelt, sie springt, sie legt sich ins Gras, und schließlich wirft sie dem Offizier ein Gänseblümchen vor die Füße. Der Offizier steht auf, geht wieder in sein Zimmer. Kurz danach kommt er heraus und fährt mit dem Jeep weg.
Der Adjutant beugt sich aus dem Fenster und schreit:

– Wer kommen und helfen armen Mann sehr schmutziges Zimmer saubermachen?
Wir sagen:
– Wir wollen Ihnen gern helfen.
Er sagt:
– Brauchen eine Frau, um zu helfen. Brauchen hübsches Fräulein.
Wir sagen zur Magd:
– Kommen Sie. Wir helfen ihm ein bißchen.
Wir gehen alle drei ins Zimmer des Offiziers. Die Magd nimmt einen Besen und beginnt zu fegen. Der Adjutant setzt sich auf das Bett. Er sagt:
– Ich träumen. Ich eine Prinzessin sehen im Traum. Prinzessin soll mich zwicken für aufwachen.
Die Magd lacht, sie zwickt den Adjutanten sehr fest in die Backe.
Der Adjutant schreit:
– Ich jetzt aufgewacht. Auch ich wollen zwicken böse Prinzessin.
Er nimmt die Magd in die Arme und zwickt ihr in den Hintern. Die Magd windet sich, aber der Adjutant drückt sie sehr fest. Er sagt zu uns:
– Ihr, raus! Und Tür zumachen.
Wir fragen die Magd:
– Wollen Sie, daß wir bleiben?
Sie lacht:
– Wozu? Ich kann mich sehr gut allein wehren.
Also gehen wir aus dem Zimmer, wir machen die Tür hinter uns zu. Die Magd geht ans Fenster, sie lächelt uns zu, sie zieht die Fensterläden zu und schließt das Fenster. Wir steigen in die Dachkammer und beobachten durch die Löcher, was im Zimmer des Offiziers vorgeht.
Der Adjutant und die Magd liegen auf dem Bett. Die Magd ist ganz nackt; der Adjutant hat nur sein Hemd und seine Socken an. Er liegt auf der Magd und beide bewegen

sich vor und zurück und von rechts nach links. Der Adjutant grunzt wie Großmutters Schwein, und die Magd stößt Schreie aus, als ob man ihr weh täte, aber gleichzeitig lacht sie auch und schreit:

– Ja, ja, ja, oh, oh, oh!

Von diesem Tag an kommt die Magd oft her, und sie schließt sich mit dem Adjutanten ein. Wir schauen ihnen manchmal zu, aber nicht immer.

Der Adjutant hat es gern, wenn die Magd sich bückt oder auf allen vieren hockt, und er nimmt sie von hinten.

Die Magd hat es gern, wenn der Adjutant auf dem Rükken liegt. Dann setzt sie sich auf den Bauch des Adjutanten, und sie bewegt sich auf und ab, als würde sie auf einem Pferd reiten.

Der Adjutant schenkt der Magd manchmal Seidenstrümpfe oder Kölnisch Wasser.

Der fremde Offizier

Wir machen unsere Unbeweglichkeitsübung im Garten. Es ist heiß. Wir liegen auf dem Rücken im Schatten des Nußbaums. Durch die Blätter sehen wir den Himmel, die Wolken. Die Blätter des Baums sind unbeweglich; auch die Wolken, wie es scheint, aber wenn man lange und aufmerksam hinschaut, merkt man, daß sie sich verformen und dehnen.

Großmutter kommt aus dem Haus. Als sie an uns vorbeikommt, spritzt sie mit dem Fuß Sand und Kies auf unser Gesicht und unsern Körper. Sie murmelt etwas und geht in den Weinberg, um ihren Mittagsschlaf zu halten.

Der Offizier sitzt mit nacktem Oberkörper und geschlossenen Augen auf der Bank vor seinem Zimmer, den Kopf an die weiße Wand gelehnt, mitten in der Sonne. Plötzlich kommt er auf uns zu; er spricht zu uns, aber wir antworten nicht, wir schauen ihn nicht an. Er geht zu seiner Bank zurück.

Später sagt der Adjutant zu uns:

– Der Herr Offizier bitten euch zu kommen und mit ihm reden.

Wir antworten nicht. Er sagt noch:

– Ihr aufstehen und kommen. Offizier böse, wenn ihr nicht gehorchen.

Wir rühren uns nicht.

Der Offizier sagt etwas, und der Adjutant geht ins Zimmer. Man hört ihn beim Aufräumen singen.

Als die Sonne das Dach des Hauses neben dem Schornstein berührt, stehen wir auf. Wir gehen zum Offizier, wir bleiben vor ihm stehen. Er ruft den Adjutanten. Wir fragen:

– Was will er?
Der Offizier stellt Fragen; der Adjutant übersetzt:
– Herr Offizier fragen, warum ihr euch nicht rühren, nicht sprechen?
Wir antworten:
– Wir haben unsere Unbeweglichkeitsübung gemacht.
Der Adjutant übersetzt weiter:
– Herr Offizier sagen, ihr viele Übungen machen. Auch andere. Er euch mit Gürtel hat schlagen sehen.
– Das war unsere Abhärtungsübung.
– Herr Offizier fragen, warum ihr das alles machen?
– Um uns an den Schmerz zu gewöhnen.
– Er fragen, ob ihr gern haben weh?
– Nein. Wir wollen nur den Schmerz besiegen, die Hitze, die Kälte, den Hunger, alles, was weh tut.
– Herr Offizier euch bewundern. Er euch finden wunderbar.
Der Offizier sagt noch ein paar Worte. Der Adjutant sagt zu uns:
– Gut, fertig. Ich jetzt müssen gehen. Ihr auch, abhauen, angeln gehen.
Aber der Offizier hält uns lächelnd am Arm zurück und gibt dem Adjutanten ein Zeichen zu verschwinden. Der Adjutant macht ein paar Schritte, dreht sich um:
– Ihr, weglaufen! Schnell! In Stadt spazierengehen.
Der Offizier sieht ihn an, und der Adjutant entfernt sich bis zur Gartentür, von wo aus er noch mal schreit:
– Abhauen,ihr! Nicht bleiben! Nicht verstehen, Dummköpfe?
Er geht. Der Offizier lächelt uns an, schickt uns in sein Zimmer. Er setzt sich auf einen Stuhl, er zieht uns an sich, hebt uns hoch, setzt uns auf seine Knie. Wir legen unsere Arme um seinen Hals, wir drücken uns an seine behaarte Brust. Er wiegt uns.

Unter uns, zwischen den Beinen des Offiziers, spüren wir eine warme Bewegung. Wir schauen uns an, dann schauen wir dem Offizier in die Augen. Er schiebt uns sanft weg, er zerzaust unsere Haare, er richtet sich auf. Er reicht uns zwei Peitschen und legt sich bäuchlings auf sein Bett. Er sagt ein einziges Wort, das wir, ohne seine Sprache zu können, verstehen.
Wir schlagen. Einmal der eine, einmal der andere.
Der Rücken des Offiziers bekommt rote Striemen. Wir schlagen immer fester. Der Offizier stöhnt und zieht, ohne seine Lage zu verändern, Hose und Unterhose bis zu den Knöcheln herunter. Wir schlagen seinen weißen Hintern, seine Schenkel, seine Beine, seinen Rücken, seinen Hals, seine Schultern mit all unserer Kraft, und alles wird rot.
Der Körper, die Haare, die Kleider des Offiziers, die Laken, der Teppich, unsere Hände, unsere Arme sind rot. Das Blut spritzt sogar in unsere Augen, vermischt sich mit unserm Schweiß, und wir schlagen weiter, bis der Mann zum Schluß einen unmenschlichen Schrei ausstößt und wir erschöpft am Fuß seines Bettes hinfallen.

Die fremde Sprache

Der Offizier bringt uns ein Wörterbuch, in dem man seine Sprache lernen kann. Wir lernen die Wörter; der Adjutant verbessert unsere Aussprache. Ein paar Wochen später können wir diese neue Sprache fließend sprechen. Wir machen immer größere Fortschritte. Der Adjutant muß nicht mehr übersetzen. Der Offizier ist sehr zufrieden mit uns. Er schenkt uns eine Harmonika. Er gibt uns auch einen Schlüssel zu seinem Zimmer, damit wir hineinkönnen, wenn wir wollen (wir gingen schon mit unserm Schlüssel hinein, aber heimlich). Jetzt brauchen wir uns nicht mehr zu verstecken und können dort machen, was uns gefällt: Kekse und Schokolade essen, Zigaretten rauchen.

Wir gehen oft in dieses Zimmer, denn dort ist alles sauber, und wir haben hier mehr Ruhe als in der Küche. Dort machen wir meistens unsere Aufgaben.

Der Offizier besitzt ein Grammophon und Schallplatten. Auf dem Bett liegend hören wir Musik. Einmal, um dem Offizier eine Freude zu machen, legen wir die Nationalhymne seines Landes auf. Aber er wird böse und zerbricht die Schallplatte mit einem Fausthieb.

Manchmal schlafen wir auf dem Bett ein, das sehr breit ist. Eines Morgens findet uns der Adjutant darin; er ist unzufrieden:

– Das sein unvorsichtig! Ihr nicht mehr so Dummheit machen. Was mal passieren, wenn Offizier abends heimkommen?

– Was könnte denn passieren? Es ist genug Platz da auch für ihn.

Der Adjutant sagt:

– Ihr sehr dumm. Einmal ihr zahlen für Dummheit. Wenn der Offizier euch weh tun, ich ihn töten.
– Er wird uns nicht weh tun. Sorgen Sie sich nicht um uns.
Eines Nachts kommt der Offizier nach Hause und findet uns auf seinem Bett schlafend. Das Licht der Petroleumlampe weckt uns auf. Wir fragen:
– Sollen wir in die Küche gehen?
Der Offizier streichelt unsern Kopf und sagt:
– Bleibt. Bleibt nur.
Er zieht sich aus und legt sich zwischen uns. Er schlingt seine Arme um uns, er flüstert uns ins Ohr:
– Schlaft. Ich liebe euch. Schlaft ruhig.
Wir schlafen wieder ein. Später, gegen Morgen, wollen wir aufstehen, aber der Offizier hält uns zurück:
– Bewegt euch nicht. Schlaft weiter.
– Wir müssen urinieren. Wir müssen raus.
– Geht nicht raus. Macht es hier.
Wir fragen:
– Wo?
– Auf mir. Ja. Habt keine Angst. Pißt! Auf mein Gesicht.
Wir tun es, dann gehen wir hinaus in den Garten, denn das Bett ist ganz naß. Die Sonne geht schon auf; wir beginnen mit unsern morgendlichen Arbeiten.

Der Freund des Offiziers

Manchmal kommt der Offizier mit einem Freund nach Hause, einem anderen, jüngeren Offizier. Sie verbringen den Abend zusammen, und der Freund bleibt auch zum Schlafen. Wir haben sie mehrmals durch das Loch in der Decke beobachtet.

Es ist ein Sommerabend. Der Adjutant kocht etwas auf dem Spirituskocher. Er legt ein Tischtuch auf den Tisch, und wir stellen Blumen darauf. Der Offizier und sein Freund sitzen am Tisch; sie trinken. Später essen sie. Der Adjutant ißt an der Tür, auf einem Hocker. Dann trinken sie wieder. Unterdessen kümmern wir uns um die Musik. Wir wechseln die Schallplatten, wir ziehen das Grammophon auf.

Der Freund des Offiziers sagt:

– Die Gören machen mich nervös. Schmeiß sie raus.

Der Offizier fragt:

– Eifersüchtig?

Der Freund antwortet:

– Auf die? Grotesk! Zwei kleine Wilde.

– Sie sind schön, findest du nicht?

– Vielleicht. Ich habe sie nicht angeschaut.

– Ach, du hast sie nicht angeschaut. Dann schau sie an.

Der Freund wird rot:

– Was willst du eigentlich? Sie machen mich nervös mit ihrem hinterhältigen Grinsen. Als würden sie uns zuhören, uns belauern.

– Sie hören uns zu. Sie sprechen unsere Sprache perfekt. Sie verstehen alles.

Der Freund wird blaß, er steht auf:

– Das ist zuviel! Ich gehe!
Der Offizier sagt:
– Sei kein Idiot. Raus, Kinder.
Wir verlassen das Zimmer, wir steigen in die Dachkammer.
Wir schauen zu und lauschen.
Der Freund des Offiziers sagt:
– Du hast mich lächerlich gemacht vor diesen stupiden Kindern.
Der Offizier sagt:
– Es sind die intelligentesten Kinder, die mir je begegnet sind.
Der Freund sagt:
– Das sagst du, um mich zu verletzen, um mir weh zutun. Du tust alles, um mich zu quälen, mich zu demütigen. Eines Tages werde ich dich töten!
Der Offizier wirft seinen Revolver auf den Tisch:
– Ich verlange gar nichts anderes! Nimm ihn. Töte mich! Nur zu!
Der Freund nimmt den Revolver und zielt auf den Offizier:
– Ich tue es. Du wirst schon sehen, ich tue es. Das nächste Mal, wenn du mir von ihm erzählst, von dem andern, töte ich dich.
Der Offizier schließt die Augen, lächelt:
– Er war schön ... jung ... stark ... anmutig ... feinfühlig ... gebildet ... zärtlich ... verträumt ... mutig ... frech ... Ich liebte ihn. Er ist an der Ostfront gefallen. Er war neunzehn Jahre alt. Ich kann nicht ohne ihn leben.
Der Freund wirft den Revolver auf den Tisch und sagt:
– Schweinehund!
Der Offizier macht die Augen auf, sieht seinen Freund an:
– Was für ein Mangel an Courage! Was für ein Mangel an Charakter!

Der Freund sagt:
– Tu es doch selber, wenn du soviel Courage hast, wenn du soviel Kummer hast. Wenn du ohne ihn nicht leben kannst, folge ihm doch in den Tod. Du möchtest, daß ich dir noch dabei helfe? Ich bin nicht verrückt! Krepier doch! Krepier doch ganz allein!
Der Offizier nimmt den Revolver und drückt ihn an seine Schläfe. Wir steigen von der Dachkammer herunter. Der Adjutant sitzt vor der offenen Zimmertür. Wir fragen ihn:
– Glauben Sie, er wird sich töten?
Der Adjutant lacht:
– Ihr keine Angst haben. Sie das immer machen, wenn zuviel trinken. Ich vorher Revolver entladen.
Wir gehen in das Zimmer, wir sagen dem Offizier:
– Wir töten Sie, wenn Sie es wirklich wollen. Geben Sie uns Ihren Revolver.
Der Freund sagt:
– Kleine Mistkerle!
Der Offizier sagt lächelnd:
– Danke. Ihr seid nett. Wir haben nur gespielt. Geht schlafen.
Er steht auf, um die Tür hinter uns zu schließen, er sieht den Adjutanten.
– Sie sind immer noch da?
Der Adjutant sagt:
– Ich habe nicht die Erlaubnis bekommen, wegzugehen.
– Gehen Sie! Ich will Ruhe haben! Verstanden?
Durch die Tür hören wir noch, wie er zu seinem Freund sagt:
– Da kannst du was lernen, du Waschlappen!
Wir hören auch den Lärm einer Prügelei, Schläge, den Krach umgeworfener Stühle, einen Fall, Schreie, Keuchen. Dann ist es still.

Unser erstes Schauspiel

Die Magd singt oft. Alte Volkslieder und neue moderne Lieder, in denen vom Krieg die Rede ist. Wir lauschen diesen Liedern, wir üben sie auf unsrer Harmonika. Wir bitten auch den Adjutanten, uns Lieder aus seiner Heimat beizubringen.

Eines Abends, spät, als Großmutter schon zu Bett gegangen ist, gehen wir in die Stadt. Beim Schloß, in einer alten Straße, bleiben wir vor einem niedrigen Haus stehen. Lärm, Stimmen, Rauch dringen aus der Tür, hinter der Kellertreppe. Wir gehen die steinernen Stufen hinunter und gelangen in einen als Schenke hergerichteten Keller. Männer, stehend oder auf Holzbänken und Fässern sitzend, trinken Wein. Die meisten sind alt, aber es sind auch ein paar junge darunter sowie drei Frauen. Niemand achtet auf uns.

Einer von uns beginnt Harmonika zu spielen, und der andere singt ein bekanntes Lied, in dem von einer Frau die Rede ist, die auf ihren Mann wartet, der in den Krieg gezogen ist und bald zurückkommen wird, siegreich.

Nach und nach drehen sich die Leute zu uns um; die Stimmen verstummen. Wir singen, wir spielen immer lauter, wir hören unsere Melodie am Gewölbe des Kellers widerhallen, als würde jemand anders spielen und singen.

Als unser Lied zu Ende ist, heben wir die Augen zu den müden und eingefallenen Gesichtern. Eine Frau lacht und klatscht. Ein junger Mann, dem ein Arm fehlt, sagt mit heiserer Stimme:

– Weiter. Spielt noch was!

Wir vertauschen die Rollen. Derjenige, der die Harmo-

nika hatte, gibt sie dem andern, und wir stimmen ein neues Lied an.
Ein sehr magerer Mann kommt taumelnd auf uns zu, er schreit uns ins Gesicht:
– Ruhe, ihr Hunde!
Er stößt uns brutal zur Seite, den einen nach rechts, den andern nach links; wir verlieren das Gleichgewicht; die Harmonika fällt hin. Der Mann steigt die Treppe hoch, sich an der Wand festhaltend. Wir hören ihn noch auf der Straße schreien:
– Alle sollen still sein!
Wir heben die Harmonika auf, wir säubern sie. Jemand sagt:
– Er ist taub.
Ein anderer sagt:
– Er ist nicht nur taub. Er ist völlig verrückt.
Ein alter Mann streichelt uns die Haare. Tränen rollen aus seinen tiefliegenden, schwarzumrandeten Augen:
– Was für ein Unglück! Was für eine Welt des Unglücks! Ihr armen Kleinen! Arme Welt!
Eine Frau sagt:
– Taub oder verrückt, wenigstens ist er wiedergekommen. Auch du bist wiedergekommen.
Sie setzt sich auf die Knie des Mannes, dem ein Arm fehlt.
Der Mann sagt:
– Du hast recht, meine Hübsche, ich bin wiedergekommen. Aber womit soll ich arbeiten? Womit soll ich das Sägebrett halten? Mit dem leeren Ärmel meiner Jacke?
Ein anderer junger Mann, der auf einer Bank sitzt, sagt lachend:
– Auch ich bin wiedergekommen. Bloß bin ich unten gelähmt. Die Beine und alles andere. Ich werde nie mehr einen hochkriegen. Lieber wäre ich gleich draufgegangen, dort geblieben, auf einen Schlag.

Eine andere Frau sagt:
– Ihr seid nie zufrieden. Alle, die ich im Lazarett sterben sehe, sagen: »Egal, wie mein Zustand ist, ich möchte überleben, nach Hause zurückkehren, meine Frau sehen, meine Mutter, egal wie, noch ein bißchen leben.«
Ein Mann sagt:
– Du, halt's Maul. Die Frauen haben nichts vom Krieg gesehen.
Die Frau sagt:
– Nichts gesehen? Schwachkopf! Wir haben die ganze Arbeit, die ganzen Sorgen: die Kinder ernähren, die Verwundeten pflegen. Ihr dagegen seid alle Helden, wenn der Krieg vorbei ist. Tot: Helden. Überlebend: Helden. Verstümmelt: Helden. Deswegen habt ihr den Krieg erfunden, ihr, die Männer. Es ist euer Krieg. Ihr habt ihn gewollt, führt ihn also, Helden, ihr könnt mich mal.
Alle beginnen zu reden, zu schreien. Der alte Mann neben uns sagt:
– Keiner hat diesen Krieg gewollt. Keiner, keiner.
Wir steigen aus dem Keller hinauf; wir beschließen, nach Hause zu gehen.
Der Mond beleuchtet die Straßen und die staubige Landstraße, die zu Großmutter führt.

Die Weiterentwicklung unserer Schauspiele

Wir lernen mit Früchten jonglieren: Äpfeln, Nüssen, Aprikosen. Zuerst mit zwei, das ist leicht, dann mit drei, vier, bis wir es auf fünf bringen.
Wir erfinden Zauberkunststücke mit Karten und mit Zigaretten.
Wir trainieren uns auch in Akrobatik. Wir können radschlagen, den Salto mortale, Purzelbäume vor und zurück und sehr gewandt auf den Händen gehen.
Wir ziehen uns sehr alte, zu große Kleider an, die wir im Koffer in der Dachkammer gefunden haben: karierte Jakken, zerrissene, weite Hosen, die wir an der Taille mit Schnur festhalten. Wir haben auch einen runden und harten schwarzen Hut gefunden.
Einer von uns klebt sich eine rote Pfefferschote auf die Nase, der andere einen falschen Schnurrbart aus Maishaaren. Wir besorgen uns Lippenstift und vergrößern unsern Mund bis zu den Ohren.
So als Clowns verkleidet gehen wir auf den Marktplatz. Dort gibt es die meisten Geschäfte und die meisten Leute. Wir beginnen unser Schauspiel damit, daß wir viel Lärm mit unserer Harmonika und mit einem ausgehöhlten, in eine Trommel verwandelten Kürbis machen. Wenn genügend Zuschauer um uns herum sind, jonglieren wir mit Tomaten oder sogar mit Eiern. Die Tomaten sind richtige Tomaten, aber die Eier sind ausgeleert und mit feinem Sand gefüllt. Da das die Leute nicht wissen, stoßen sie Schreie aus, lachen und klatschen, wenn wir so tun, als würden wir eines mit knapper Not auffangen.
Wir setzen unser Schauspiel mit Zauberkunststücken fort und beenden es mit Akrobatik.

Während einer von uns radschlägt und den Salto mortale macht, geht der andere auf den Händen um die Zuschauer herum, den alten Hut zwischen den Zähnen.
Abends gehen wir unverkleidet in die Kneipen.
Bald kennen wir alle Kneipen der Stadt, die Keller, in denen Winzer ihren eigenen Wein verkaufen, die Schenken, in denen man im Stehen trinkt, die Cafés, die die gut gekleideten Leute sowie ein paar Offiziere besuchen, die nach Mädchen Ausschau halten.
Die Leute, die trinken, geben ihr Geld leicht her. Sie vertrauen sich auch leicht an. Wir erfahren alle möglichen Geheimnisse über alle möglichen Leute.
Oft spendiert man uns was zu trinken, und allmählich gewöhnen wir uns an den Alkohol. Wir rauchen auch die Zigaretten, die man uns schenkt.
Überall haben wir viel Erfolg. Man findet, daß wir eine schöne Stimme haben; man applaudiert uns und verlangt Zugaben.

Theater

Manchmal, wenn die Leute aufmerksam sind, nicht zu betrunken und nicht zu laut, zeigen wir ihnen eines unserer kleinen Theaterstücke, zum Beispiel *Die Geschichte vom Armen und vom Reichen.*

Einer von uns spielt den Armen, der andere den Reichen.

Der Reiche sitzt an einem Tisch, er raucht. Der Arme tritt auf:

– Ich habe Ihr Holz fertig gehackt, mein Herr.

– Gut so. Übung tut gut. Sie sehen sehr gesund aus. Ihre Backen sind ganz rot.

– Meine Hände sind eiskalt, mein Herr.

– Kommen Sie näher! Zeigen Sie! Ekelhaft! Ihre Hände sind voller Schrammen und Furunkel.

– Es sind Frostbeulen, mein Herr.

– Ihr Armen habt dauernd widerwärtige Krankheiten. Ihr seid schmutzig, das ist das Schlimme an euch. Nehmen Sie das da, für Ihre Arbeit.

Er wirft dem Armen ein Päckchen Zigaretten zu, dieser zündet sich eine an und beginnt zu rauchen. Aber da, wo er steht, an der Tür, gibt es keinen Aschenbecher, und er traut sich nicht, an den Tisch zu gehen. Also klopft er die Asche seiner Zigarette in seine hohle Hand ab. Der Reiche, der gern möchte, daß der Arme weggeht, tut so, als sehe er nicht, daß der Mann einen Aschenbecher braucht. Aber der Arme kann nicht gleich von hier weggehen, weil er Hunger hat. Er sagt:

– Es riecht gut bei Ihnen, mein Herr.

– Es riecht nach Sauberkeit.

– Es riecht auch nach warmer Suppe. Ich habe heute noch nichts gegessen.

– Das hätten Sie tun sollen. Was mich betrifft, so werde ich im Restaurant essen, denn ich habe meinem Koch freigegeben.

Der Arme schnuppert:

– Trotzdem riecht es hier nach schöner warmer Suppe.

Der Reiche schreit:

– Es kann bei mir nicht nach Suppe riechen; niemand kocht Suppe bei mir; es muß von den Nachbarn kommen, oder es riecht in Ihrer Einbildung nach Suppe! Ihr Armen denkt bloß an euren Magen; deswegen habt ihr nie Geld; alles, was ihr verdient, gebt ihr für Suppe und Wurst aus. Ihr seid Schweine, ja, Schweine, und jetzt versauen Sie mein Parkett mit Ihrer Zigarettenasche! Raus hier, und kommen Sie mir nicht mehr unter die Augen!

Der Reiche macht die Tür auf, versetzt dem Armen einen Fußtritt, so daß er der Länge nach auf den Gehsteig fällt.

Der Reiche macht die Tür wieder zu, setzt sich vor einen Teller Suppe und sagt, die Hände faltend:

– Dank, Herr Jesus, für alle deine Wohltaten.

Der Alarm

Als wir bei Großmutter angekommen sind, gab es nur sehr selten Alarm in der Kleinen Stadt. Jetzt immer häufiger. Die Sirenen heulen zu jeder Tages- und Nachtzeit, genau wie in der Großen Stadt. Die Leute rennen in Schutzräume, flüchten in die Keller. Zu dieser Zeit sind die Straßen leer. Manchmal bleiben die Türen der Häuser und Geschäfte offen. Wir nutzen die Gelegenheit, um hineinzugehen und uns in Ruhe zu nehmen, was uns gefällt.

Wir flüchten nie in unsern Keller. Großmutter auch nicht. Tagsüber gehen wir weiter unseren Beschäftigungen nach, nachts schlafen wir weiter.

Meistens überfliegen die Flugzeuge unsere Stadt, um auf der andern Seite der Grenze ihre Bomben abzuwerfen. Es kommt vor, daß trotzdem eine Bombe auf ein Haus fällt. In diesem Fall ermitteln wir die Stelle nach der Richtung, aus der der Rauch kommt, und wir sehen nach, was zerstört worden ist. Wenn etwas übrig ist, was mitgenommen werden kann, nehmen wir es mit.

Wir haben beobachtet, daß die Leute, die sich im Keller eines bombardierten Hauses befinden, immer tot sind. Der Schornstein des Hauses dagegen bleibt fast immer stehen.

Es kommt auch vor, daß ein Flugzeug einen Angriff im Sturzflug macht, um Leute auf den Feldern oder auf der Straße zu beschießen.

Der Adjutant hat uns beigebracht, daß man aufpassen muß, wenn das Flugzeug auf einen zukommt, daß aber, sobald es sich über unserm Kopf befindet, die Gefahr vorüber ist.

Wegen des Alarms ist es verboten, abends die Lampen anzuzünden, bevor man die Fenster nicht vollständig verdunkelt hat. Großmutter meint, es sei praktischer, überhaupt kein Licht zu machen. Patrouillen gehen die ganze Nacht herum, um darauf zu achten, daß die Vorschrift eingehalten wird.
Während des Essens sprechen wir einmal von einem Flugzeug, das wir in Flammen haben aufgehen sehen. Wir haben auch den Piloten mit dem Fallschirm abspringen sehen.
– Wir wissen nicht, was aus dem Piloten der Feinde geworden ist.
Großmutter sagt:
– Feinde? Es sind Freunde, unsere Brüder. Sie werden bald kommen.
Einmal gehen wir während eines Alarms spazieren. Ein aufgeregter Mann stürzt auf uns zu:
– Ihr dürft während der Bombenangriffe nicht draußen bleiben.
Er zieht uns am Arm zu einer Tür:
– Geht da rein.
– Wir wollen nicht.
– Es ist ein Luftschutzraum. Dort seid ihr sicher.
Er öffnet die Tür und stößt uns hinein. Der Keller ist voller Leute. Es herrscht völlige Stille. Die Frauen drücken ihre Kinder an sich.
Plötzlich explodieren irgendwo Bomben. Die Explosionen kommen immer näher. Der Mann, der uns in den Keller gebracht hat, wirft sich auf den Kohlenhaufen, der sich in einer Ecke befindet, und versucht sich darin zu vergraben.
Ein paar Frauen lachen verächtlich. Eine ältere Frau sagt:
– Seine Nerven sind zerrüttet. Er hat Urlaub deswegen.

Plötzlich können wir kaum noch atmen. Wir öffnen die Kellertür; eine große dicke Frau stößt uns weg, macht die Tür wieder zu. Sie schreit:
– Seid ihr verrückt? Ihr könnt jetzt nicht raus.
Wir sagen.
– Die Leute sterben immer in den Kellern. Wir wollen raus.
Die dicke Frau stemmt sich gegen die Tür. Sie zeigt uns ihre Zivilschutzbinde am Arm.
– Hier befehle ich! Ihr bleibt da!
Wir schlagen unsere Zähne in ihre fleischigen Unterarme; wir treten ihr ans Schienbein. Sie stößt Schreie aus, versucht uns zu schlagen. Die Leute lachen. Schließlich sagt sie, ganz rot vor Zorn und Scham:
– Los! Haut ab! Krepiert doch draußen! Es wäre kein großer Verlust.
Draußen holen wir tief Luft. Es ist das erstemal, daß wir Angst hatten.
Es regnet weiter Bomben.

Die Menschenherde

Wir sind ins Pfarrhaus gekommen, um unsere saubere Wäsche zu holen. Wir essen mit der Magd Butterbrote in der Küche. Wir hören Schreie auf der Straße. Wir legen unsere Brote hin und gehen hinaus. Die Leute stehen vor ihren Türen; sie schauen zum Bahnhof. Aufgeregte Kinder kommen schreiend angerannt:

– Sie kommen! Sie kommen!

An der Straßenecke erscheint ein Militärjeep mit fremden Offizieren. Der Jeep fährt langsam, gefolgt von Soldaten, die ihr Gewehr quer über der Brust tragen. Hinter ihnen eine Art Menschenherde. Kinder wie wir. Frauen wie unsere Mutter. Alte Männer wie der Schuster.

Es sind zweihundert oder dreihundert, die vorwärtsgehen, eskortiert von Soldaten. Einige Frauen tragen ihre kleinen Kinder auf dem Rücken, auf der Schulter oder an ihre Brust gedrückt. Eine von ihnen fällt hin; Hände ergreifen das Kind und die Mutter; man trägt sie, denn ein Soldat hat schon sein Gewehr angelegt.

Niemand spricht, niemand weint; die Augen starren auf den Boden. Man hört nur das Geräusch der genagelten Schuhe der Soldaten.

Genau vor uns ragt ein magerer Arm aus der Menge, eine schmutzige Hand streckt sich aus, eine Stimme bittet:

– Brot.

Lächelnd macht die Magd eine Geste, wie um den Rest ihres Butterbrots herzugeben; sie nähert es der ausgestreckten Hand, dann, laut lachend, zieht sie das Stück Brot zurück, zu ihrem Mund, beißt hinein und sagt:

– Auch ich habe Hunger!

Ein Soldat, der alles gesehen hat, gibt der Magd einen

Klaps auf den Hintern; er zwickt sie in die Backe, und sie winkt ihm mit ihrem Taschentuch nach, bis wir nur noch eine Staubwolke in der untergehenden Sonne sehen.
Wir gehen ins Haus zurück. Von der Küche aus sehen wir den Herrn Pfarrer vor dem großen Kruzifix in seinem Zimmer knien.
Die Magd sagt:
– Eßt eure Brote auf.
Wir sagen:
– Wir haben keinen Hunger mehr.
Wir gehen in das Zimmer. Der Pfarrer dreht sich um:
– Wollt ihr mit mir beten, Kinder?
– Wir beten nie, das wissen Sie. Wir wollen verstehen.
– Ihr könnt nicht verstehen. Ihr seid zu jung.
– Aber Sie sind nicht zu jung. Deshalb fragen wir Sie: Wer sind diese Leute? Wo bringt man sie hin? Warum?
Der Pfarrer steht auf, kommt auf uns zu. Er sagt, die Augen schließend:
– Die Wege des Herrn sind unerforschlich.
Er öffnet die Augen, legt seine Hände auf unsere Köpfe:
– Bedauerlich, daß ihr ein solches Schauspiel mit ansehen mußtet. Ihr zittert ja an allen Gliedern.
– Sie auch, Herr Pfarrer.
– Ich, ich bin alt, ich zittere.
– Und wir frieren. Wir sind mit nacktem Oberkörper gekommen. Wir werden eines der Hemden anziehen, die Ihre Magd gewaschen hat.
Wir gehen in die Küche. Die Magd gibt uns unser Paket mit sauberer Wäsche. Wir nehmen jeder ein Hemd heraus. Die Magd sagt:
– Ihr seid zu empfindlich. Am besten vergeßt ihr, was ihr gesehen habt.
– Wir vergessen nie etwas.
Sie schiebt uns zum Ausgang:

– Nun beruhigt euch! Das alles hat nichts mit euch zu tun. Euch wird so was nie passieren. Diese Leute sind nichts weiter als Tiere.

Großmutters Äpfel

Vom Pfarrhaus rennen wir zum Haus des Schusters. Seine Fensterscheiben sind zerbrochen; die Tür ist eingetreten. Drinnen ist alles verwüstet. Auf die Wände sind unflätige Wörter geschrieben worden.

Eine alte Frau sitzt auf einer Bank vor dem Nachbarhaus. Wir fragen sie:

– Ist der Schuster weg?

– Schon lange, der arme Mann.

– Er war nicht unter denen, die heute durch die Stadt gekommen sind?

– Nein, die von heute sind von woanders gekommen. In Viehwagen. Ihn haben sie hier getötet, in seiner Werkstatt, mit seinem eigenen Werkzeug. Seid unbesorgt, Gott sieht alles. Er wird die Seinen erkennen.

Als wir nach Hause kommen, finden wir Großmutter auf dem Rücken, die Beine gespreizt, vor der Gartentür liegen, rings um sie sind Äpfel verstreut.

Großmutter rührt sich nicht. Ihre Stirn blutet.

Wir laufen in die Küche, wir machen ein Tuch naß, wir nehmen Schnaps vom Regal. Wir legen das nasse Tuch auf Großmutters Stirn, wir gießen ihr Schnaps in den Mund. Nach einer Weile öffnet sie die Augen. Sie sagt:

– Noch mehr!

Wir gießen ihr noch mehr Schnaps in den Mund.

Sie richtet sich auf den Ellbogen auf, beginnt zu schreien:

– Lest die Äpfel auf! Worauf wartet ihr, lest die Äpfel auf, ihr Hundesöhne!

Wir lesen die Äpfel im Staub der Straße auf. Wir legen sie in ihre Schürze.

Das feuchte Tuch ist Großmutter von der Stirn gefallen. Das Blut läuft in ihre Augen. Sie wischt es mit einer Ecke ihres Kopftuchs ab.
Wir fragen:
– Haben Sie Schmerzen, Großmutter?
Sie feixt:
– Ein Gewehrkolben wird mich bestimmt nicht umbringen.
– Was ist passiert, Großmutter?
– Nichts. Ich war gerade dabei, Äpfel aufzulesen. Ich bin vor die Tür gegangen, um den Menschenzug zu sehen. Meine Schürze ist mir weggerutscht; die Äpfel sind rausgefallen, sie sind auf die Straße gerollt. Mitten in den Zug. Kein Grund, auf einen draufzuschlagen.
– Wer hat auf Sie draufgeschlagen, Großmutter?
– Wer wohl? Ihr seid doch nicht blöd? Auch auf sie haben sie draufgeschlagen. Sie haben blind drauf losgeschlagen. Trotzdem haben ein paar welche essen können, von meinen Äpfeln!
Wir helfen Großmutter aufstehen. Wir bringen sie ins Haus. Sie fängt an, die Äpfel zu schälen, um Kompott daraus zu machen, aber sie fällt hin, und wir tragen sie auf ihr Bett. Wir ziehen ihr die Schuhe aus. Ihr Kopftuch rutscht herunter; ein völlig kahler Schädel taucht auf. Wir binden ihr das Kopftuch wieder um. Wir bleiben lange an ihrem Bett, wir halten ihre Hände, wir überwachen ihre Atmung.

Der Polizist

Wir frühstücken mit Großmutter. Ein Mann betritt die Küche, ohne anzuklopfen. Er zeigt seinen Polizeiausweis.
Sofort fängt Großmutter an zu schreien:
– Ich will keine Polizei bei mir! Ich habe nichts getan!
Der Polizist sagt:
– Nein, nichts, niemals. Bloß ein bißchen Gift hier und dort.
Großmutter sagt:
– Nichts ist bewiesen worden. Sie können mir nichts anhaben.
Der Polizist sagt:
– Beruhigen Sie sich, Großmutter. Man wird die Toten nicht ausgraben. Man hat schon Mühe, sie zu begraben.
– Was wollen Sie dann?
Der Polizist schaut uns an und sagt:
– Der Apfel fällt nicht weit vom Stamm.
Auch Großmutter schaut uns an und sagt:
– Das hoffe ich doch. Was habt ihr wieder angestellt, Hundesöhne?
Der Polizist fragt:
– Wo wart ihr gestern abend?
Wir antworten:
– Hier.
– Ihr habt euch nicht in den Kneipen rumgetrieben, wie gewöhnlich?
– Nein. Wir sind hiergeblieben, weil Großmutter einen Unfall hatte.
Großmutter sagt sehr schnell:

– Ich bin auf der Kellertreppe hingefallen. Die Stufen sind glitschig, ich bin ausgerutscht. Ich habe mir den Kopf angestoßen. Die Kleinen haben mich hochgebracht, sie haben mich gepflegt. Sie sind die ganze Nacht bei mir geblieben.
Der Polizist sagt:
– Sie haben eine schlimme Beule, ich sehe. In Ihrem Alter muß man vorsichtig sein. Gut. Wir werden das Haus durchsuchen. Kommt alle drei. Wir fangen mit dem Keller an.
Großmutter öffnet die Kellertür; wir steigen hinunter. Der Polizist räumt alles um, die Säcke, die Kannen, die Körbe, den Kartoffelhaufen.
Großmutter fragt uns leise:
– Was sucht er?
Wir zucken die Achseln.
Nach dem Keller durchsucht der Polizist die Küche. Dann muß Großmutter ihr Zimmer aufschließen. Der Polizist zerwühlt ihr Bett. Es ist nichts im Bett, auch nicht im Strohsack, nur ein bißchen Kleingeld unter dem Kopfkissen.
Vor der Tür zum Zimmer des Offiziers fragt der Polizist:
– Was ist das hier?
Großmutter sagt:
– Ein Zimmer, das ich an einen fremden Offizier vermiete. Ich habe den Schlüssel nicht dazu.
Der Polizist schaut die Tür der Dachkammer an:
– Haben Sie eine Leiter?
Großmutter sagt:
– Sie ist kaputt.
– Wie steigen Sie rauf?
– Ich steige nicht rauf. Nur die Kleinen steigen rauf.
Der Polizist sagt:
– Dann mal los, ihr Kleinen.

Wir klettern mit Hilfe des Seils in die Dachkammer. Der Polizist öffnet die Truhe, in der wir das für unsere Studien Nötige aufbewahren: Bibel, Wörterbuch, Papier, Bleistifte und das Große Heft, in dem alles geschrieben steht. Aber der Polizist ist nicht zum Lesen gekommen. Er inspiziert noch den Haufen alter Kleider und Decken, und wir steigen wieder hinunter. Unten schaut der Polizist sich um und sagt:
– Natürlich kann ich nicht den ganzen Garten umgraben. Gut. Kommt mit.
Er führt uns in den Wald, zum Rand des großen Lochs, wo wir eine Leiche gefunden hatten. Die Leiche ist nicht mehr da.
Der Polizist fragt:
– Seid ihr schon mal hier gewesen?
– Nein. Nie. Wir hätten Angst, so weit zu gehen.
– Ihr habt dieses Loch nie gesehen, auch keinen toten Soldaten?
– Nein, nie.
– Als man den toten Soldaten gefunden hat, fehlten ihm sein Gewehr, seine Patronen, seine Handgranaten.
Wir sagen:
– Er war wohl ziemlich zerstreut und nachlässig, dieser Soldat, wenn er alle diese Dinge verloren hat, die für einen Militär unerläßlich sind.
Der Polizist sagt:
– Er hat sie nicht verloren. Sie sind ihm nach seinem Tod gestohlen worden. Ihr kommt doch oft in den Wald, habt ihr vielleicht eine Ahnung davon?
– Nein. Keine Ahnung.
– Trotzdem muß jemand das Gewehr, die Patronen, die Handgranaten weggenommen haben.
Wir sagen:
– Wer würde es wagen, so gefährliche Sachen anzufassen?

Das Verhör

Wir sind im Büro des Polizisten. Er setzt sich an einen Tisch, wir bleiben ihm gegenüber stehen. Er legt Papier und Bleistift zurecht. Er raucht. Er stellt uns Fragen:
– Seit wann kennt ihr die Magd des Pfarrers?
– Seit dem Frühjahr.
– Wo habt ihr sie kennengelernt?
– Bei Großmutter. Sie ist gekommen, um Kartoffeln zu holen.
– Ihr liefert Holz ins Pfarrhaus. Wieviel bekommt ihr dafür bezahlt?
– Nichts. Wir bringen Holz ins Pfarrhaus, um der Magd zu danken, die unsere Wäsche wäscht.
– Ist sie nett zu euch?
– Sehr nett. Sie macht uns Butterbrote, sie schneidet uns die Nägel und die Haare, sie richtet uns Bäder her.
– Wie eine Mutter also. Und ist der Herr Pfarrer nett zu euch?
– Sehr nett. Er leiht uns Bücher und bringt uns viele Dinge bei.
– Wann habt ihr das letztemal Holz ins Pfarrhaus gebracht?
– Vor fünf Tagen. Dienstag vormittag.
Der Polizist geht im Zimmer herum. Er schließt die Vorhänge und macht die Schreibtischlampe an. Er nimmt zwei Stühle und läßt uns hinsetzen. Er richtet das Licht der Lampe auf unser Gesicht:
– Ihr mochtet die Magd sehr?
– Ja, sehr.
– Wißt ihr, was ihr passiert ist?
– Ist ihr etwas passiert?

– Ja. Etwas Furchtbares. Heute morgen hat sie wie gewöhnlich Feuer gemacht, und der Herd in der Küche ist explodiert. Sie hat alles direkt ins Gesicht bekommen. Sie ist im Krankenhaus.
Der Polizist hört auf zu sprechen; wir sagen nichts. Er sagt:
– Ihr sagt nichts?
Wir sagen:
– Eine Explosion mitten ins Gesicht, das führt notgedrungen ins Krankenhaus und manchmal ins Leichenhaus. Ein Glück, daß sie nicht tot ist.
– Sie ist für ihr ganzes Leben entstellt!
Wir schweigen. Der Polizist auch. Er schaut uns an. Wir schauen ihn an. Er sagt:
– Ihr seht nicht besonders traurig aus.
– Wir freuen uns, daß sie am Leben ist. Nach einem solchen Unfall!
– Es war kein Unfall. Jemand hat Sprengstoff im Brennholz versteckt. Eine Patrone aus einem Militärgewehr. Man hat die Hülse gefunden.
Wir fragen:
– Warum sollte das jemand getan haben?
– Um sie zu töten. Sie oder den Herrn Pfarrer.
Wir sagen:
– Die Leute sind grausam. Sie töten gern. Der Krieg hat ihnen das beigebracht. Und überall liegt Sprengstoff herum.
Der Polizist beginnt zu schreien:
– Spielt hier nicht die Schlaumeier. Ihr habt Holz ins Pfarrhaus geliefert! Ihr treibt euch den ganzen Tag im Wald rum! Ihr plündert Leichen aus! Ihr seid zu allem fähig! Ihr habt das im Blut! Auch eure Großmutter hat einen Mord auf dem Gewissen. Sie hat ihren Mann vergiftet. Bei ihr ist es Gift, bei euch Sprengstoff! Gesteht, kleine Dreckskerle! Gesteht! Ihr seid's gewesen.

Wir sagen:
– Nicht nur wir liefern Holz ins Pfarrhaus.
Er sagt:
– Das stimmt. Auch der Alte. Ihn habe ich schon verhört.
Wir sagen:
– Jeder kann eine Patrone in einem Haufen Holz verstecken.
– Ja, aber nicht jeder kann Patronen haben. Ich pfeife auf eure Magd! Was ich wissen will, wo sind die Patronen? Wo sind die Handgranaten? Wo ist das Gewehr? Der Alte hat alles gestanden. Ich habe ihn so gut verhört, daß er alles gestanden hat. Aber er konnte mir nicht zeigen, wo die Patronen, die Handgranaten, das Gewehr sind. Nicht er ist der Täter. Sondern ihr! Ihr wißt, wo die Patronen, die Handgranaten, das Gewehr sind. Ihr wißt es, und ihr werdet es mir sagen!
Wir antworten nicht. Der Polizist schlägt zu. Mit beiden Händen. Rechts und links. Wir bluten aus der Nase und aus dem Mund.
– Gesteht!
Wir schweigen. Er wird ganz weiß, er schlägt und schlägt. Wir fallen von unsern Stühlen. Er tritt uns in die Rippen, in die Nieren, in den Magen.
– Gesteht! Gesteht! Ihr wart es! Gesteht!
Wir können die Augen nicht mehr öffnen. Wir hören nichts mehr. Unser Körper ist voller Schweiß, Blut, Urin, Exkrementen. Wir verlieren das Bewußtsein.

Im Gefängnis

Wir liegen in einer Zelle auf dem Boden aus gestampfter Erde. Durch ein kleines Fenster mit Eisengittern dringt ein wenig Licht. Aber wir wissen nicht, wie spät es ist, nicht einmal, ob es Vormittag oder Nachmittag ist.
Überall tut es uns weh. Bei der allerkleinsten Bewegung fallen wir wieder halb in Ohnmacht. Unser Blick ist verschleiert, unsere Ohren dröhnen, unser Kopf brummt. Wir haben schrecklichen Durst. Unser Mund ist ganz trocken.
Stunden vergehen so. Wir sprechen nicht. Später kommt der Polizist herein, er fragt uns:
– Braucht ihr was?
Wir sagen:
– Zu trinken.
– Sprecht. Gesteht. Und ihr bekommt zu trinken, zu essen, alles, was ihr wollt.
Wir antworten nicht. Er fragt:
– Großvater, wollen Sie was essen?
Niemand antwortet ihm. Er geht hinaus.
Wir merken, daß wir nicht allein in der Zelle sind. Behutsam heben wir ein wenig den Kopf, und wir sehen einen alten Mann zusammengekrümmt in einer Ecke liegen. Langsam kriechen wir zu ihm, wir berühren ihn. Er ist steif und kalt. Wir kriechen wieder zu unserem Platz an der Tür zurück.
Es ist schon dunkel, als der Polizist mit einer Taschenlampe wiederkommt. Er leuchtet den Alten an, er sagt zu ihm:
– Schlafen Sie gut. Morgen früh können Sie nach Hause gehen.

Er leuchtet auch uns mitten ins Gesicht, einem nach dem andern:
– Immer noch nichts zu sagen? Mir ist es egal. Ich habe Zeit. Ihr werdet sprechen oder hier krepieren.
Später in der Nacht geht die Tür von neuem auf. Der Polizist, der Adjutant und der fremde Offizier treten ein. Der Offizier beugt sich über uns. Er sagt zum Adjutanten:
– Rufen Sie den Stützpunkt an wegen eines Krankenwagens!
Der Adjutant geht weg. Der Offizier untersucht den alten Mann. Er sagt:
– Er hat ihn totgeschlagen!
Er dreht sich zu dem Polizisten um:
– Das wirst du teuer bezahlen, Laus! Und wie du das bezahlen wirst!
Der Polizist fragt uns:
– Was sagt er?
– Er sagt, daß der Alte tot ist und daß Sie es teuer bezahlen werden, Laus!
Der Offizier streichelt unsere Stirn:
– Meine Kleinen, meine kleinen Jungen. Er hat gewagt, euch weh zu tun, dieses gemeine Schwein!
Der Polizist sagt:
– Was wird er mit mir machen? Sagt ihm, ich habe Kinder... Ich wußte nicht... Ist er euer Vater, oder was?
Wir sagen:
– Unser Onkel.
– Ihr hättet es mir sagen sollen. Ich konnte es nicht wissen. Ich bitte euch um Verzeihung. Was kann ich tun, um...
Wir sagen:
– Beten Sie zu Gott.
Der Adjutant kommt mit zwei anderen Soldaten. Man legt uns auf Bahren und trägt uns in den Krankenwagen. Der Offizier setzt sich neben uns. Der Polizist, von meh-

reren Soldaten begleitet, wird in den Jeep gebracht, den der Adjutant steuert.
Im Militärstützpunkt untersucht uns der Arzt sofort in einem großen weißen Saal. Er desinfiziert unsere Wunden, er gibt uns Spritzen gegen die Schmerzen und gegen Tetanus. Er röntgt uns auch. Wir haben nichts gebrochen, außer ein paar Zähnen, aber es sind Milchzähne.
Der Adjutant bringt uns zu Großmutter zurück. Er legt uns in das große Bett des Offiziers und legt sich auf eine Decke neben das Bett. Am Morgen holt er Großmutter, die uns heiße Milch ans Bett bringt.
Als der Adjutant gegangen ist, fragt uns Großmutter:
– Habt ihr gestanden?
– Nein, Großmutter. Wir hatten nichts zu gestehen.
– Das dachte ich mir. Und der Polizist, was ist aus ihm geworden?
– Das wissen wir nicht. Aber er kommt bestimmt nie wieder.
Großmutter feixt:
– Deportiert oder erschossen, was? Das Schwein! Das feiern wir. Ich werde das Huhn von gestern aufwärmen. Ich habe nichts davon gegessen.
Mittags stehen wir auf, wir gehen in die Küche, um zu essen.
Während des Essens sagt Großmutter:
– Ich frage mich, warum ihr sie töten wolltet. Ihr hattet eure Gründe, vermute ich.

Der alte Herr

Kurz nach dem Abendessen kommt ein alter Herr mit einem Mädchen, das größer ist als wir.
Großmutter fragt ihn:
– Was wollen Sie?
Der alte Herr nennt einen Namen, und Großmutter sagt zu uns:
– Geht raus. Dreht eine Runde im Garten.
Wir gehen hinaus. Wir gehen um das Haus herum und setzen uns unter das Küchenfenster. Wir lauschen. Der alte Herr sagt:
– Haben Sie Mitleid.
Großmutter antwortet:
– Wie können Sie so was von mir verlangen?
Der alte Herr sagt:
– Sie kannten ihre Eltern. Sie haben sie mir anvertraut, bevor sie deportiert wurden. Sie hatten mir Ihre Adresse gegeben für den Fall, daß sie bei mir nicht mehr in Sicherheit wäre.
Großmutter fragt:
– Sie wissen, was ich riskiere?
– Ja, ich weiß es. Aber es geht um ihr Leben.
– Es ist ein fremder Offizier im Haus.
– Eben. Niemand wird sie hier suchen. Sie brauchen nur zu sagen, sie sei Ihre Enkelin, die Kusine der beiden Jungen.
– Alle Welt weiß, daß ich keine andern Enkel habe als diese beiden.
– Sie können sagen, daß sie aus der Familie Ihres Schwiegersohns kommt.
Großmutter feixt:

– Den habe ich nie gesehen!
Nach einem langen Schweigen fährt der alte Herr fort:
– Ich bitte Sie nur, das Mädchen einige Monate zu ernähren, bis der Krieg aus ist.
– Der Krieg kann noch Jahre dauern.
– Nein, er dauert nicht mehr sehr lange.
Großmutter beginnt zu greinen:
– Ich bin eine arme alte Frau, die sich totarbeitet. Wie soll ich so viele Münder füttern?
Der alte Herr sagt:
– Hier ist alles Geld, das ihre Eltern besaßen. Und der Familienschmuck. Alles gehört Ihnen, wenn Sie sie retten.
Kurz danach ruft uns Großmutter.
– Das ist eure Kusine.
Wir sagen:
– Ja, Großmutter.
Der alte Herr sagt:
– Ihr werdet zusammen spielen, alle drei, ja?
Wir sagen:
– Wir spielen nie.
Er fragt:
– Was macht ihr dann?
– Wir arbeiten, wir lernen, wir machen Übungen.
Er sagt:
– Ich verstehe. Ihr seid ernste Männer. Ihr habt keine Zeit zu spielen. Ihr werdet auf eure Kusine aufpassen, nicht wahr?
– Ja, mein Herr. Wir werden auf sie aufpassen.
– Ich danke euch.
Unsere Kusine sagt:
– Ich bin größer als ihr.
Wir antworten:
– Aber wir sind zu zweit.
Der alte Herr sagt:

– Ihr habt recht. Zu zweit ist man viel stärker. Und vergeßt nicht, sie »Kusine« zu nennen, nicht wahr?
– Nein, mein Herr. Wir vergessen nie etwas.
– Ich vertraue euch.

Unsere Kusine

Unsere Kusine ist fünf Jahre älter als wir. Ihre Augen sind schwarz. Ihre Haare sind rot wegen eines Mittels, das Henna heißt.
Großmutter sagt uns, daß unsere Kusine die Tochter der Schwester unseres Vaters ist. Wir sagen dasselbe zu den Leuten, die Fragen über unsere Kusine stellen.
Wir wissen, daß unser Vater keine Schwester hat. Aber wir wissen auch, daß ohne diese Lüge das Leben unserer Kusine in Gefahr wäre. Und wir haben dem alten Herrn versprochen, auf sie aufzupassen.
Als der alte Herr weggegangen ist, sagt Großmutter:
– Eure Kusine wird mit euch in der Küche schlafen.
Wir sagen:
– Es ist kein Platz mehr in der Küche.
Großmutter sagt:
– Seht zu, wie ihr zurechtkommt.
Unsere Kusine sagt:
– Ich werde gern auf dem Tisch oder auf dem Boden schlafen, wenn ihr mir eine Decke gebt.
Wir sagen:
– Du kannst auf der Bank schlafen, und du kannst die Decken behalten. Wir werden in der Dachkammer schlafen. Es ist nicht mehr so kalt.
Sie sagt:
– Ich komme mit euch in der Dachkammer schlafen.
– Wir wollen dich nicht. Du darfst nie den Fuß in die Dachkammer setzen.
– Warum?
Wir sagen:
– Du hast ein Geheimnis. Auch wir haben eines. Wenn

du unser Geheimnis nicht achtest, werden wir auch deines nicht achten.
Sie fragt:
– Wärt ihr imstand, mich anzuzeigen?
– Wenn du in die Dachkammer steigst, stirbst du. Ist das klar?
Sie schaut uns einen Augenblick schweigend an, dann sagt sie:
– Ich sehe, ihr seid zwei völlig übergeschnappte kleine Dreckskerle. Ich werde nie in eure Scheißdachkammer steigen, das verspreche ich.
Sie hält ihr Versprechen, sie steigt nie in die Dachkammer. Aber sonst stört sie uns dauernd.
Sie sagt:
– Bringt mir Himbeeren.
Wir sagen:
– Hol dir selber welche im Garten.
Sie sagt:
– Hört auf, laut zu lesen. Mir platzt das Trommelfell.
Wir lesen weiter.
Sie fragt:
– Was macht ihr da? Seit Stunden liegt ihr auf dem Boden, ohne euch zu rühren.
Wir setzen unsere Unbeweglichkeitsübung auch dann fort, wenn sie uns mit faulem Obst bewirft.
Sie sagt:
– Hört auf zu schweigen, ihr geht mir auf die Nerven!
Wir setzen unsere Schweigeübung fort, ohne ihr zu antworten.
Sie fragt:
– Warum eßt ihr heute nichts?
– Es ist unser Fastenübungstag.
Unsere Kusine arbeitet nicht, lernt nicht, macht keine Übungen. Oft betrachtet sie den Himmel, manchmal weint sie.

Großmutter schlägt unsere Kusine nie. Sie beschimpft sie auch nicht. Sie verlangt nicht, daß sie arbeitet. Sie verlangt nichts von ihr. Sie spricht nie mit ihr.

Der Schmuck

Noch am Abend ihrer Ankunft gehen wir in die Dachkammer schlafen. Wir nehmen zwei Decken aus dem Zimmer des Offiziers, und wir legen Heu auf den Boden. Bevor wir uns hinlegen, schauen wir durch die Löcher. Bei dem Offizier ist niemand. Bei Großmutter brennt Licht, was selten vorkommt.
Großmutter hat die Petroleumlampe aus der Küche genommen und sie über ihren Frisiertisch gehängt. Es ist ein altes Möbelstück mit drei Spiegeln. Der in der Mitte ist fest, die beiden andern sind beweglich. Man kann sie drehen, um sich von der Seite zu sehen.
Großmutter sitzt vor dem Frisiertisch, sie betrachtet sich im Spiegel. Auf ihren Kopf, über ihr schwarzes Kopftuch, hat sie etwas Glänzendes gesetzt. An ihrem Hals hängen mehrere Ketten, ihre Arme sind mit Reifen, ihre Finger mit Ringen beladen. Sie betrachtet sich und spricht mit sich selbst:
– Reich, reich. Es ist leicht, schön zu sein mit alldem. Leicht. Das Rad dreht sich. Jetzt gehört er mir, der Schmuck. Mir. Es ist nur gerecht. Es glänzt, es glänzt.
Später sagt sie:
– Und wenn sie zurückkommen? Wenn sie ihn wiederhaben wollen? Sobald die Gefahr vorbei ist, vergessen sie. Sie wissen nicht, was Dankbarkeit ist. Sie versprechen das Blaue vom Himmel, und dann ... Nein, nein, sie sind schon tot. Auch der alte Herr wird sterben. Er hat gesagt, ich kann alles behalten ... Aber die Kleine ... Sie hat alles gesehen, alles gehört. Sie wird es mir wegnehmen wollen. Bestimmt. Nach dem Krieg wird sie es wiederhaben wollen. Aber ich will, ich kann es nicht zurückgeben. Es gehört mir. Für immer.

– Auch sie muß sterben. Dann gibt es keinen Beweis. Aus den Augen, aus dem Sinn. Ja, sie wird sterben, die Kleine. Sie wird einen Unfall haben. Kurz vor Kriegsende. Ja, es muß ein Unfall sein. Kein Gift. Diesmal nicht. Ein Unfall. Ertränken im Fluß. Ihren Kopf unter Wasser halten. Schwierig. Sie die Kellertreppe runterstoßen. Nicht hoch genug. Das Gift. Es gibt bloß Gift. Was Langsames. Gut dosiert. Eine Krankheit, die sie langsam zerfrißt, monatelang. Es gibt keinen Arzt. Viele Leute sterben so im Krieg, weil es keine Behandlung gibt.
Großmutter hebt die Faust, droht ihrem Spiegelbild:
– Ihr könnt mir nichts anhaben! Nichts!
Sie feixt. Sie legt den Schmuck ab, tut ihn in einen Stoffbeutel und versteckt den Beutel in ihrem Strohsack. Sie legt sich schlafen. Wir auch.
Am nächsten Morgen, als unsere Kusine die Küche verlassen hat, sagen wir zu Großmutter:
– Großmutter, wir wollen Ihnen etwas sagen.
– Was gibt's denn schon wieder?
– Hören Sie gut zu, Großmutter. Wir haben dem alten Herrn versprochen, auf unsere Kusine aufzupassen. Also wird ihr nichts zustoßen. Weder Unfall noch Krankheit. Nichts. Und uns auch nicht.
Wir zeigen ihr einen geschlossenen Umschlag:
– Hier ist alles aufgeschrieben. Wir werden diesen Brief dem Herrn Pfarrer geben. Wenn einem von uns dreien etwas zustößt, wird der Pfarrer den Brief öffnen. Haben Sie gut verstanden, Großmutter?
Großmutter schaut uns an, die Augen fast geschlossen. Sie atmet sehr heftig. Sie sagt sehr leise:
– Hundesöhne, Hurensöhne, Teufelsbrut! Verflucht sei der Tag, an dem ihr geboren wurdet!
Am Nachmittag, als Großmutter in ihren Weinberg arbeiten geht, durchsuchen wir ihren Strohsack. Es ist nichts darin.

Unsere Kusine und ihr Liebhaber

Unsere Kusine wird ernst, sie stört uns nun nicht mehr. Sie wäscht sich jeden Tag in der großen Wanne, die wir mit dem in den Kneipen verdienten Geld gekauft haben. Sie wäscht oft ihr Kleid und auch ihren Schlüpfer. Während ihre Kleider trocknen, hüllt sie sich in ein Handtuch oder legt sich in die Sonne mit ihrem Schlüpfer, der auf dem Körper trocknet. Sie ist ganz braun. Ihre Haare bedecken sie bis zu den Hinterbacken. Manchmal dreht sie sich auf den Rücken und verbirgt ihre Brust mit den Haaren.

Gegen Abend geht sie in die Stadt. Sie bleibt immer länger in der Stadt. Eines Abends folgen wir ihr, ohne daß sie es merkt.

Am Friedhof trifft sie eine Gruppe von Jungen und Mädchen, die alle größer sind als wir. Sie sitzen unter den Bäumen, sie rauchen. Sie haben auch Weinflaschen. Sie trinken aus der Flasche. Einer von ihnen hält Wache am Rand des Wegs. Wenn jemand kommt, singt der Aufpasser ein bekanntes Lied, wobei er ruhig sitzen bleibt. Die Gruppe zerstreut sich und versteckt sich in den Büschen oder hinter den Grabsteinen. Wenn die Gefahr vorüber ist, pfeift der Aufpasser ein anderes Lied.

Die Gruppe spricht leise vom Krieg und auch von Desertionen, Deportationen, Widerstand, Befreiung.

Ihrer Meinung nach sind die fremden Militärs, die in unserm Land sind und behaupten, unsere Verbündeten zu sein, in Wahrheit unsere Feinde und diejenigen, die bald kommen und den Krieg gewinnen werden, sind keine Feinde, sondern im Gegenteil unsere Befreier.

Sie sagen:

– Mein Vater ist auf die andere Seite gegangen. Er wird mit ihnen zurückkommen.
– Mein Vater ist gleich nach der Kriegserklärung desertiert.
– Meine Eltern haben sich den Partisanen angeschlossen. Ich war zu jung, um mit ihnen zu gehen.
– Meine sind von diesen Schweinen mitgenommen worden. Deportiert.
– Du wirst deine Eltern nie wiedersehen. Und ich auch nicht. Sie sind jetzt alle tot.
– Das ist nicht sicher. Es wird Überlebende geben.
– Und die Toten werden wir rächen.
– Wir waren zu jung. Schade. Wir konnten nichts tun.
– Es ist bald vorbei. »Sie« können jeden Tag kommen.
– Wir werden sie auf dem Großen Platz mit Blumen empfangen.
Spät in der Nacht zerstreut sich die Gruppe. Jeder geht nach Hause.
Unsere Kusine geht mit einem Jungen weg. Wir folgen ihnen. Sie biegen in die kleinen Gassen des Schlosses ein, verschwinden hinter einer verfallenen Mauer. Wir sehen sie nicht, aber wir hören sie.
Unsere Kusine sagt:
– Leg dich auf mich. Ja, so. Küß mich. Küß mich.
Der Junge sagt:
– Wie schön du bist! Ich begehre dich.
– Ich auch. Aber ich habe Angst. Was ist, wenn ich schwanger bin?
– Ich werde dich heiraten. Ich liebe dich. Wir heiraten nach der Befreiung.
– Wir sind zu jung. Wir müssen warten.
– Ich kann nicht warten.
– Hör auf! Du tust mir weh. Wir dürfen nicht, wir dürfen nicht, Liebster.
Der Junge sagt:

– Ja, du hast recht. Aber streichle mich. Gib deine Hand. Streichle mich da, ja, so. Dreh dich um. Ich möchte dich da küssen, da, während du mich streichelst.
Unsere Kusine sagt:
– Nein, tu das nicht. Ich schäme mich. Oh! Mach weiter, mach weiter! Ich liebe dich, ich liebe dich so sehr.
Wir gehen nach Hause.

Der Segen

Wir müssen noch mal ins Pfarrhaus gehen, um die Bücher zurückzubringen, die wir ausgeliehen haben.
Wieder macht uns eine alte Frau die Tür auf. Sie läßt uns herein, sie sagt:
– Der Herr Pfarrer erwartet euch.
Der Pfarrer sagt:
– Setzt euch.
Wir legen die Bücher auf seinen Schreibtisch. Wir setzen uns.
Der Pfarrer sieht uns einen Augenblick an, dann sagt er:
– Ich habe auf euch gewartet. Schon lange seid ihr nicht mehr gekommen.
Wir sagen:
– Wir wollten die Bücher auslesen. Und wir sind sehr beschäftigt.
– Und euer Bad?
– Wir haben jetzt alles, was wir brauchen, um uns zu waschen. Wir haben eine Wanne gekauft, Seife, eine Schere, Zahnbürsten.
– Womit? Mit welchem Geld?
– Mit dem Geld, das wir verdienen, wenn wir in den Kneipen Musik machen.
– Kneipen sind ein Ort der Verderbnis. Besonders in eurem Alter.
Wir antworten nicht. Er sagt:
– Ihr seid auch nicht mehr wegen des Geldes für die Blinde gekommen. Jetzt ist eine beträchtliche Summe beisammen. Nehmt es.
Er reicht uns das Geld. Wir sagen:

– Behalten Sie es. Sie haben genug gegeben. Wir haben Ihr Geld genommen, als es unbedingt notwendig war. Jetzt verdienen wir genügend Geld, um Hasenscharte welches zu geben. Wir haben ihr auch beigebracht, wie man arbeitet. Wir haben ihr geholfen, die Erde ihres Gartens umzugraben und dort Kartoffeln, Bohnen, Kürbisse, Tomaten zu pflanzen. Wir haben ihr Küken und Kaninchen zum Aufziehen gegeben. Sie kümmert sich um ihren Garten und um ihre Tiere. Sie bettelt nicht mehr. Sie braucht Ihr Geld nicht mehr.
Der Pfarrer sagt:
– Dann nehmt dieses Geld für euch selbst. Dann braucht ihr nicht mehr in den Kneipen zu arbeiten.
– Wir arbeiten gern in den Kneipen.
Er sagt:
– Ich habe erfahren, daß man euch geschlagen, gefoltert hat.
Wir fragen:
– Was ist aus Ihrer Magd geworden?
– Sie hat sich an die Front gemeldet, um die Verwundeten zu pflegen. Sie ist tot.
Wir schweigen. Er fragt:
– Wollt ihr euch mir anvertrauen? Ich bin durch das Beichtgeheimnis gebunden. Ihr habt nichts zu befürchten. Beichtet.
Wir sagen:
– Wir haben nichts zu beichten.
– Ihr habt unrecht. Ein solches Verbrechen ist sehr schwer zu tragen. Die Beichte wird euch Erleichterung verschaffen. Gott vergibt allen, die ihre Sünden aufrichtig bereuen.
Wir sagen:
– Wir bereuen nichts. Wir haben nichts zu bereuen.
Nach einem langen Schweigen sagt er:
– Ich habe alles durchs Fenster gesehen. Das Stück

Brot... Aber die Rache ist bei Gott. Ihr habt nicht das Recht, an Seine Stelle zu treten.
Wir schweigen. Er fragt:
– Darf ich euch segnen?
– Wenn es Ihnen Freude macht.
Er legt seine Hände auf unsern Kopf:
– Gott der Allmächtige, segne diese Kinder. Was auch ihr Verbrechen sein mag, vergib ihnen. Sie sind verirrte Schafe in einer schändlichen Welt, selber Opfer unserer verderbten Zeit, sie wissen nicht, was sie tun. Ich flehe zu dir, rette ihre kindlichen Seelen, reinige sie in deiner unendlichen Güte und Barmherzigkeit. Amen.
Dann sagt er uns noch:
– Besucht mich von Zeit zu Zeit, auch wenn ihr nichts braucht.

Die Flucht

Von einem Tag zum andern erscheinen Plakate auf den Mauern der Stadt. Auf einem Plakat sieht man einen alten Mann am Boden liegen, den Körper vom Bajonett eines feindlichen Soldaten durchbohrt. Auf einem andern Plakat schlägt ein feindlicher Soldat ein Kind mit einem anderen Kind, das er an den Füßen hält. Wieder auf einem andern zieht ein feindlicher Soldat eine Frau am Arm und zerreißt mit der andern Hand ihre Bluse. Der Mund der Frau steht offen, und Tränen rollen aus ihren Augen.
Die Leute, die die Plakate betrachten, sind entsetzt.
Großmutter lacht, sie sagt:
– Das sind Lügen. Ihr braucht keine Angst zu haben.
Die Leute sagen, daß die Große Stadt gefallen ist.
Großmutter sagt:
– Wenn sie den Großen Fluß überquert haben, kann sie nichts mehr aufhalten. Sie werden bald hier sein.
Unsere Kusine sagt:
– Dann werde ich heimgehen können.
Eines Tages sagen die Leute, daß die Armee sich ergeben hat, daß Waffenstillstand ist und daß der Krieg aus ist.
Am nächsten Tag sagen die Leute, daß es eine neue Regierung gibt und daß der Krieg weitergeht.
Viele fremde Soldaten kommen mit dem Zug oder mit dem Lastwagen. Auch Soldaten unseres Landes. Es gibt viele Verwundete. Wenn die Leute die Soldaten unseres Landes ausfragen, antworten diese, daß sie nichts wissen. Sie gehen durch die Stadt. Sie gehen in das andere Land, auf der Straße, die am Lager vorbeiführt.
Die Leute sagen:
– Sie fliehen. Es ist der Zusammenbruch.

Andere sagen:
– Sie ziehen sich zurück. Sie sammeln sich hinter der Grenze wieder. Hier werden sie sie zum Stehen bringen. Nie werden sie den Feind über die Grenze lassen.
Großmutter sagt:
– Das wird sich zeigen.
Viele Leute kommen an Großmutters Haus vorbei. Auch sie gehen in das andere Land. Sie sagen, daß man unser Land für immer verlassen muß, weil der Feind kommt und sich rächen wird. Er wird unser Volk versklaven.
Es gibt Leute, die zu Fuß fliehen, einen Sack auf dem Rücken, andere schieben ihre Fahrräder, die mit den verschiedensten Dingen beladen sind: ein Federbett, eine Geige, ein Ferkel in einem Käfig, Kochtöpfe. Andere sitzen auf Karren, die von Pferden gezogen werden: Sie nehmen ihr ganzes Mobiliar mit.
Die meisten sind aus unserer Stadt, aber manche kommen von weit her.
Eines Morgens kommen der Adjutant und der fremde Offizier, um sich von uns zu verabschieden.
Der Adjutant sagt:
– Alles kaputt. Aber besser besiegt sein als tot.
Er lacht. Der Offizier legt eine Schallplatte auf das Grammophon; wir hören schweigend zu, auf dem großen Bett sitzend.
Der Offizier drückt uns an sich, er weint.
– Ich werde euch nie wiedersehen.
Wir sagen zu ihm:
– Sie werden eigene Kinder haben.
– Ich will keine.
Er sagt noch, auf die Schallplatten, das Grammophon deutend:
– Behaltet das zur Erinnerung an mich. Aber nicht das Wörterbuch. Ihr werdet eine andere Sprache lernen müssen.

Der Leichenacker

Eines Nachts hören wir Explosionen, Schießereien, das Rattern der Maschinengewehre. Wir verlassen das Haus, um zu sehen, was vorgeht. Ein großes Feuer steigt vom Lagerplatz auf. Wir glauben, daß der Feind gekommen ist, aber am nächsten Tag ist die Stadt ruhig; man hört nur das ferne Grollen der Kanonen.

Am Ende der Straße, die zum Stützpunkt führt, steht kein Wachtposten mehr. Dicker Rauch von ekelerregendem Geruch steigt zum Himmel auf. Wir beschließen nachzusehen.

Wir betreten das Lager. Es ist leer. Es ist niemand da, nirgends. Einige Gebäude schwelen noch. Der Gestank ist unerträglich. Wir halten uns die Nase zu und gehen trotzdem weiter. Ein Stacheldrahtzaun stoppt uns. Wir steigen auf einen Wachtturm. Wir sehen einen großen Platz, auf dem sich vier große schwarze Scheiterhaufen erheben. Wir entdecken eine Öffnung, eine Bresche im Zaun. Wir steigen vom Wachtturm herunter, wir finden den Eingang. Ein großes Eisentor, offen. Darüber steht in fremder Sprache: »Übergangslager«. Wir gehen hinein.

Die schwarzen Scheiterhaufen, die wir von oben gesehen haben, sind verkohlte Leichen. Einige haben sehr gut gebrannt, nur noch Knochen sind übrig. Andere sind kaum geschwärzt. Es gibt viele davon. Große und kleine. Erwachsene und Kinder. Wir denken, daß man sie zuerst getötet, dann aufgehäuft und mit Benzin übergossen hat, um sie anzuzünden.

Wir erbrechen uns. Wir rennen aus dem Lager. Wir gehen nach Hause. Großmutter ruft uns zum Essen, aber wir erbrechen uns von neuem.

Großmutter sagt:
– Ihr habt schon wieder irgendein Dreckszeug gegessen.
Wir sagen:
– Ja, unreife Äpfel.
Unsere Kusine sagt:
– Das Lager hat gebrannt. Wir sollten nachsehen. Bestimmt ist niemand mehr drin.
– Wir waren schon dort. Es gibt nichts Interessantes.
Großmutter feixt.
– Die Helden haben nichts vergessen? Sie haben alles mitgenommen? Sie haben nichts Brauchbares dagelassen? Habt ihr gut nachgesehen?
– Ja, Großmutter. Wir haben gut nachgesehen. Es gibt nichts.
Unsere Kusine verläßt die Küche. Wir folgen ihr. Wir fragen sie:
– Wohin gehst du?
– In die Stadt.
– Schon? Sonst gehst du erst abends.
Sie lächelt.
– Ja, aber ich warte auf jemand.
Unsere Kusine lächelt noch mal, dann rennt sie los in die Stadt.

Unsere Mutter

Wir sind im Garten. Ein Militärjeep hält vor dem Haus. Unsere Mutter steigt aus, gefolgt von einem fremden Offizier. Sie gehen durch den Garten, fast im Laufschritt. Unsere Mutter hält ein Baby in den Armen. Sie sieht uns, sie schreit:
– Kommt! Kommt schnell in den Jeep. Wir fahren weg. Beeilt euch. Laßt eure Sachen zurück und kommt!
Wir fragen:
– Wem gehört das Baby?
Sie sagt:
– Das ist eure kleine Schwester. Kommt! Es ist keine Zeit zu verlieren.
Wir fragen:
– Wohin fahren wir?
– In das andere Land. Hört auf, Fragen zu stellen, und kommt.
Wir sagen:
– Wir wollen nicht dorthin. Wir wollen hierbleiben.
Unsere Mutter sagt:
– Ich muß dorthin. Und ihr kommt mit mir.
– Nein. Wir bleiben hier.
Großmutter kommt aus dem Haus. Sie sagt zu unserer Mutter:
– Was machst du hier? Was hältst du in deinen Armen?
Unsere Mutter sagt:
– Ich komme meine Söhne holen. Ich werde Ihnen Geld schicken, Mutter.
Großmutter sagt:

– Ich will dein Geld nicht. Und ich gebe dir die Jungen nicht zurück.
Unsere Mutter fordert den Offizier auf, uns mit Gewalt mitzunehmen. Wir klettern schnell an dem Seil in die Dachkammer. Der Offizier versucht uns zu packen, aber wir treten ihm ins Gesicht. Der Offizier flucht. Wir ziehen das Seil hoch.
Großmutter feixt:
– Du siehst, sie wollen nicht mit dir gehen.
Unsere Mutter schreit sehr laut:
– Ich befehle euch, sofort herunterzukommen!
Großmutter sagt:
– Sie gehorchen nie Befehlen.
Unsere Mutter beginnt zu weinen.
– Kommt, meine Lieblinge. Ich kann nicht ohne euch fahren.
Großmutter sagt:
– Genügt dir dein fremder Bastard nicht?
Wir sagen:
– Uns geht es sehr gut hier, Mutter. Fahren Sie ruhig ab. Es geht uns sehr gut bei Großmutter.
Man hört das Schießen der Kanonen und Maschinengewehre. Der Offizier nimmt unsere Mutter an den Schultern und zieht sie zum Wagen. Aber Mutter reißt sich los:
– Es sind meine Söhne, ich will sie! Ich liebe sie!
Großmutter sagt:
– Und ich brauche sie. Ich bin alt. Du kannst noch andere machen. Der Beweis!
Mutter sagt:
– Ich flehe Sie an, halten Sie sie nicht zurück.
Großmutter sagt:
– Ich halte sie nicht zurück. Los, Jungens, kommt sofort herunter und fahrt mit eurer Mama weg.
Wir sagen:

– Wir wollen nicht weg. Wir wollen bei Ihnen bleiben, Großmutter.

Der Offizier nimmt unsere Mutter in seine Arme, aber sie stößt ihn zurück. Der Offizier setzt sich in den Jeep und läßt den Motor an. Genau in diesem Augenblick erfolgt eine Explosion im Garten. Gleich danach sehen wir unsere Mutter am Boden. Der Offizier läuft zu ihr. Großmutter will uns wegschieben. Sie sagt:

– Schaut nicht hin! Geht wieder ins Haus!

Der Offizier flucht, rennt zu seinem Jeep und rast davon.

Wir betrachten unsere Mutter. Die Eingeweide quellen ihr aus dem Bauch. Sie ist überall rot. Das Baby auch. Der Kopf unserer Mutter hängt in dem Loch, das die Granate gerissen hat. Ihre Augen sind offen und noch feucht von Tränen.

Großmutter sagt:

– Holt den Spaten!

Wir legen eine Decke in das Loch, wir legen unsere Mutter darauf. Das Baby ist immer noch an ihre Brust gedrückt. Wir bedecken sie mit einer andern Decke, dann schaufeln wir das Loch zu.

Als unsere Kusine aus der Stadt zurückkommt, fragt sie:

– Ist etwas passiert?

Wir sagen:

– Ja, eine Granate hat ein Loch im Garten aufgerissen.

Die Abreise unserer Kusine

Die ganze Nacht hören wir Schießereien, Explosionen. Bei Morgengrauen ist es plötzlich still. Wir schlafen ein auf dem großen Bett des Offiziers. Sein Bett ist unser Bett geworden, und sein Zimmer unser Zimmer.
Am Morgen gehen wir in die Küche, um zu frühstücken. Großmutter steht vor dem Herd. Unsere Kusine faltet ihre Decken.
Sie sagt:
– Ich habe wirklich nicht genug geschlafen.
Wir sagen:
– Du kannst im Garten schlafen. Es gibt keinen Krach mehr, und es ist warm.
Sie fragt:
– Habt ihr keine Angst gehabt heute nacht?
Wir zucken die Achseln, ohne zu antworten.
Es klopft an die Tür. Ein Mann in Zivil tritt ein, gefolgt von zwei Soldaten. Die Soldaten haben Maschinenpistolen und tragen eine Uniform, die wir noch nie gesehen haben.
Großmutter sagt etwas in der Sprache, die sie spricht, wenn sie Schnaps getrunken hat. Die Soldaten antworten. Großmutter wirft sich ihnen an den Hals, küßt sie nacheinander und spricht dann weiter mit ihnen.
Der Zivilist sagt:
– Sie sprechen ihre Sprache, gnädige Frau?
Großmutter antwortet:
– Es ist meine Muttersprache, mein Herr.
Unsere Kusine fragt:
– Sie sind da! Wann sind sie gekommen? Man wollte sie auf dem Großen Platz mit Blumen erwarten.

Der Zivilist fragt:
– Wer »man«?
– Meine Freunde und ich.
Der Zivilist lächelt.
– Nun, es ist zu spät. Sie sind heute nacht gekommen. Und ich gleich danach. Ich suche ein junges Mädchen.
Er nennt einen Namen; meine Kusine sagt:
– Ja, das bin ich. Wo sind meine Eltern?
Der Zivilist sagt:
– Ich weiß nicht. Ich bin nur beauftragt, die Kinder aufzufinden, die auf meiner Liste stehen. Wir werden in eine Aufnahmestelle der Großen Stadt fahren. Dann werden wir Nachforschungen anstellen, um die Eltern zu finden.
Unsere Kusine fragt:
– Ich habe hier einen Freund. Steht er auch auf Ihrer Liste?
Sie sagt den Namen ihres Liebhabers. Der Zivilist sieht auf seiner Liste nach:
– Ja. Er ist schon im Hauptquartier der Armee. Ihr werdet die Reise gemeinsam antreten. Packen Sie Ihre Sachen.
Unsere Kusine packt sehr fröhlich ihre Kleider ein und wickelt ihre Toilettensachen in ihr Badetuch.
Der Zivilist dreht sich zu uns um:
– Und ihr? Wie heißt ihr?
Großmutter sagt:
– Das sind meine Enkel. Sie bleiben bei mir.
Wir sagen:
– Ja, wir bleiben bei Großmutter.
Der Zivilist sagt:
– Trotzdem möchte ich euren Namen wissen.
Wir sagen ihn ihm. Er schaut in seine Papiere:
– Ihr steht nicht auf meiner Liste. Sie können sie behalten, gnädige Frau.

Großmutter sagt:
– Und ob ich sie behalten kann!
Unsere Kusine sagt:
– Ich bin fertig. Gehen wir.
Der Zivilist sagt:
– Sie haben es recht eilig. Sie könnten sich wenigstens bei der gnädigen Frau bedanken und den kleinen Jungen auf Wiedersehn sagen.
Unsere Kusine sagt:
– Kleine Jungen? Kleine Dreckskerle, ja.
Sie drückt uns sehr fest an sich:
– Ich küsse euch nicht, ich weiß, daß ihr das nicht mögt. Macht nicht zuviel Blödsinn, seid vorsichtig.
Sie drückt uns noch fester, sie weint. Der Zivilist nimmt sie am Arm und sagt zu Großmutter:
– Ich danke Ihnen für alles, was Sie für dieses Kind getan haben.
Wir gehen alle hinaus. Vor der Gartentür steht ein Jeep. Die beiden Soldaten setzen sich nach vorn, der Zivilist und unsere Kusine nach hinten. Großmutter schreit noch etwas. Die Soldaten lachen. Der Jeep fährt an. Unsere Kusine dreht sich nicht um.

Die Ankunft der neuen Fremden

Nach der Abreise unserer Kusine gehen wir in die Stadt, um nachzusehen, was los ist.

An jeder Straßenecke steht ein Panzer. Auf dem Großen Platz sind Lastwagen, Jeeps, Motorräder, Beiwagen und überall viele Militärs. Auf dem Marktplatz, der nicht geteert ist, stellen sie Zelte auf und richten im Freien Küchen ein.

Als wir an ihnen vorbeikommen, lächeln sie uns zu, sie sprechen mit uns, aber wir verstehen nicht, was sie sagen. Außer den Soldaten ist niemand auf den Straßen. Die Haustüren sind verschlossen, die Läden zugezogen, die Rolläden der Geschäfte heruntergelassen.

Wir gehen wieder nach Hause, wir sagen zur Großmutter:

– Alles ist ruhig in der Stadt.

Sie feixt:

– Im Augenblick ruhen sie sich aus, aber heute nachmittag werdet ihr schon sehen!

– Was wird passieren, Großmutter?

– Sie werden alles durchsuchen. Sie werden überall reingehen und rumwühlen. Und nehmen, was ihnen gefällt. Ich habe schon einen Krieg miterlebt, ich weiß, wie das ist. Wir haben nichts zu befürchten: Hier gibt es nichts zu holen, und ich weiß, wie man mit ihnen redet.

– Was suchen sie denn, Großmutter?

– Spione, Waffen, Munition, Uhren, Gold, Frauen.

Am Nachmittag beginnen die Soldaten tatsächlich, systematisch die Häuser zu durchsuchen. Wenn man ihnen nicht aufmacht, schießen sie in die Luft, dann treten sie die Tür ein.

Viele Häuser sind leer. Die Bewohner sind für immer weggegangen, oder sie verstecken sich im Wald. Diese unbewohnten Häuser werden durchsucht wie die anderen, ebenso alle Geschäfte und Läden.
Nach den Soldaten dringen die Diebe in die Geschäfte und die verlassenen Häuser ein. Die Diebe sind vor allem Kinder und Greise, auch ein paar Frauen, die vor nichts Angst haben oder arm sind.
Wir treffen Hasenscharte. Ihre Arme sind mit Kleidern und Schuhen beladen. Sie sagt uns:
– Beeilt euch, solange noch was da ist. Ich mache schon zum drittenmal meine Einkäufe.
Wir gehen in den Buchladen, dessen Tür eingetreten ist. Dort sind nur ein paar Kinder, die kleiner sind als wir. Sie nehmen sich Bleistifte und bunte Kreide, Radiergummis, Bleistiftspitzer, Ranzen.
Wir suchen uns in aller Ruhe aus, was wir brauchen: eine vollständige Enzyklopädie in mehreren Bänden, Bleistifte und Papier.
Auf der Straße prügeln sich ein alter Mann und eine alte Frau um einen Räucherschinken. Um sie herum stehen Leute, die lachen und sie anfeuern. Die Frau zerkratzt dem Alten das Gesicht, und schließlich ist sie es, die den Schinken mitnimmt.
Die Diebe besaufen sich mit gestohlenem Alkohol, raufen, schlagen die Fenster der Häuser und die Scheiben der Läden ein, die sie geplündert haben, zerbrechen das Geschirr, werfen die Dinge auf den Boden, die sie nicht brauchen oder nicht mitnehmen können.
Auch die Soldaten trinken und gehen erneut in die Häuser, aber diesmal, um Frauen zu finden.
Überall hört man Schüsse und Schreie von Frauen, die vergewaltigt werden.
Auf dem Großen Platz spielt ein Soldat Akkordeon. Andere Soldaten tanzen und singen.

Der Brand

Seit einigen Tagen sehen wir die Nachbarin nicht mehr in ihrem Garten. Wir treffen Hasenscharte nicht mehr. Wir gehen nachsehen.

Die Tür der Hütte ist offen. Wir gehen hinein. Die Fenster sind klein. Es ist dunkel in dem Raum, dabei scheint draußen die Sonne.

Unsere Augen gewöhnen sich an das Halbdunkel, wir erkennen die Nachbarin, sie liegt auf dem Küchentisch. Ihre Beine hängen herab, ihre Arme liegen auf ihrem Gesicht. Sie bewegt sich nicht.

Hasenscharte liegt auf dem Bett. Sie ist nackt. Zwischen ihren gespreizten Beinen ist eine getrocknete Lache aus Blut und Sperma. Die Wimpern für immer verklebt, die Lippen über schwarzen Zähnen in einem ewigen Lächeln hochgezogen; Hasenscharte ist tot.

Die Nachbarin sagt:

– Geht weg.

Wir nähern uns ihr, wir fragen:

– Sie sind nicht taub?

– Nein. Ich bin auch nicht blind. Geht weg.

Wir sagen:

– Wir wollen Ihnen helfen.

Sie sagt:

– Ich brauche keine Hilfe. Ich brauche nichts. Geht weg.

Wir fragen:

– Was ist hier passiert?

– Das seht ihr doch. Sie ist tot, nicht wahr?

– Ja. Waren es die neuen Fremden?

– Ja. Sie war es, die sie gerufen hat. Sie ist auf die Straße gegangen, sie hat sie hereingewinkt. Es waren zwölf oder fünfzehn. Und während sie sie bestiegen, schrie sie immerzu: »Wie froh ich bin, wie froh ich bin! Kommt alle, kommt, noch einer, und noch einer!« Sie ist glücklich gestorben, totgefickt. Aber ich, ich bin nicht tot! Ich bin hier liegengeblieben, ohne zu essen, ohne zu trinken, ich weiß nicht, seit wie lange. Und der Tod kommt nicht. Wenn man ihn ruft, kommt er nie. Er vergnügt sich damit, uns zu quälen. Ich rufe ihn seit Jahren, und er übersieht mich.

Wir fragen:

– Möchten Sie wirklich sterben?

– Was könnte ich mir anderes wünschen? Wenn ihr etwas für mich tun wollt, zündet das Haus an. Ich will nicht, daß man mich so findet.

Wir sagen:

– Aber Sie werden furchtbar leiden.

– Kümmert euch nicht darum. Zündet das Haus an, das ist alles. Wenn ihr dazu fähig seid.

– Ja, wir sind dazu fähig. Sie können auf uns zählen.

Wir schneiden ihr mit dem Rasiermesser die Kehle durch, dann pumpen wir Benzin aus einem Armeefahrzeug. Wir begießen die beiden Körper und die Wände der Hütte mit Benzin. Wir zünden es an und gehen heim.

Am Morgen sagt Großmutter zu uns:

– Das Haus der Nachbarin ist abgebrannt. Sie waren drin, ihre Tochter und sie. Die Tochter hat wohl etwas auf dem Herd stehen lassen, verrückt wie sie ist.

Wir gehen noch mal hin, um die Hühner und die Kaninchen zu holen, aber andere Nachbarn haben sie schon in der Nacht mitgenommen.

Das Ende des Kriegs

Wochenlang sehen wir vor Großmutters Haus die siegreiche Armee der neuen Fremden vorbeiziehen, die jetzt die Befreiungsarmee heißt.
Die Panzer, die Kanonen, die Kampfwagen, die Lastwagen fahren Tag und Nacht über die Grenze. Die Front verlagert sich immer mehr in das Innere des Nachbarlandes.
In umgekehrter Richtung kommt ein anderer Zug: die Kriegsgefangenen, die Besiegten. Unter ihnen viele Männer aus unserm Land. Sie tragen noch ihre Uniform, aber sie haben keine Waffen und keine Tressen mehr. Sie gehen zu Fuß, mit gesenktem Kopf, zum Bahnhof, wo man sie in Waggons verfrachtet. Wohin und für wie lange, weiß niemand.
Großmutter sagt, daß man sie weit weg bringt, in ein kaltes, unbewohntes Land, wo sie so hart arbeiten müssen, daß keiner von ihnen zurückkommen wird. Sie werden alle sterben, an Kälte, Erschöpfung, Hunger und allen möglichen Krankheiten.
Einen Monat, nachdem unser Land befreit worden ist, ist der Krieg überall zu Ende, und die Befreier richten sich bei uns ein, für immer, so heißt es. Also bitten wir Großmutter, uns ihre Sprache beizubringen. Sie sagt:
– Wie soll ich sie euch beibringen? Ich bin keine Lehrerin.
Wir sagen:
– Es ist einfach, Großmutter. Sie brauchen bloß den ganzen Tag in dieser Sprache mit uns zu reden, und am Ende verstehen wir sie.
Bald haben wir genug gelernt, um zwischen den Einwoh-

nern und den Befreiern zu dolmetschen. Wir nutzen es aus, um mit den Produkten, die die Armee in Hülle und Fülle besitzt, Handel zu treiben: Zigaretten, Tabak, Schokolade, die wir gegen das eintauschen, was die Zivilisten besitzen: Wein, Schnaps, Obst.
Das Geld ist nichts mehr wert; alle Welt tauscht.
Die Mädchen schlafen mit den Soldaten im Tausch gegen Seidenstrümpfe, Schmuck, Parfüm, Uhren und andere Dinge, die die Militärs in den Städten an sich genommen haben, durch die sie gekommen sind.
Großmutter geht nicht mehr mit ihrem Schubkarren auf den Markt. Die gutgekleideten Damen kommen vielmehr zu Großmutter und flehen sie an, ein Huhn oder eine Wurst gegen einen Ring oder Ohrringe einzutauschen.
Man verteilt Lebensmittelmarken. Die Leute stehen Schlange vor der Metzgerei und der Bäckerei, ab vier Uhr morgens. Die andern Geschäfte bleiben geschlossen, mangels Ware.
Allen fehlt es an allem.
Großmutter und uns fehlt es an nichts.
Später haben wir wieder eine eigene Armee und eine eigene Regierung, aber unsere Befreier lenken unsere Armee und unsere Regierung. Ihre Fahne weht auf allen öffentlichen Gebäuden. Das Foto ihres Führers hängt überall. Sie bringen uns ihre Lieder, ihre Tänze bei, sie zeigen uns ihre Filme in unseren Kinos. In den Schulen ist die Sprache unserer Befreier Pflichtfach, die anderen Fremdsprachen sind verboten.
Gegen unsere Befreier oder gegen unsere neue Regierung ist keine Kritik, kein Scherz erlaubt. Auf eine bloße Denunziation hin wirft man jeden ins Gefängnis, ohne Prozeß, ohne Urteil. Männer und Frauen verschwinden, ohne daß man weiß, warum, und ihre Familien hören nie mehr etwas von ihnen.

Die Grenze ist neu errichtet. Sie ist jetzt unpassierbar. Unser Land ist mit Stacheldraht umgeben; wir sind völlig abgeschnitten von der übrigen Welt.

Die Schule fängt wieder an

Im Herbst gehen alle Kinder wieder in die Schule, außer uns.
Wir sagen zu Großmutter:
– Großmutter, wir wollen nie mehr in die Schule gehen.
Sie sagt:
– Das hoffe ich. Ich brauche euch hier. Und was könntet ihr in der Schule noch lernen?
– Nichts, Großmutter, absolut nichts.
Bald bekommen wir einen Brief. Großmutter fragt:
– Was steht drin?
– Es steht drin, daß Sie für uns verantwortlich sind und daß wir uns in der Schule melden sollen.
Großmutter sagt:
– Verbrennt den Brief. Ich kann nicht lesen und ihr auch nicht. Niemand hat diesen Brief gelesen.
Wir verbrennen den Brief. Bald bekommen wir einen zweiten. Darin steht, daß, wenn wir nicht in die Schule gehen, Großmutter sich strafbar macht. Wir verbrennen auch diesen Brief. Wir sagen zu Großmutter:
– Großmutter, vergessen Sie nicht, daß einer von uns blind und der andere taub ist.
Ein paar Tage später stellt sich ein Mann bei uns vor. Er sagt:
– Ich bin der Inspektor der Grundschulen. Sie haben zwei Kinder in schulpflichtigem Alter bei sich. Sie haben schon zwei Mahnungen diesbezüglich bekommen.
Großmutter sagt:
– Meinen Sie die Briefe? Ich kann nicht lesen. Die Kinder auch nicht.

Einer von uns fragt:
– Wer ist das? Was sagt er?
– Er fragt, ob wir lesen können. Wie sieht er aus?
– Er ist groß, er hat ein böses Gesicht.
Wir schreien gemeinsam:
– Gehen Sie weg! Tun Sie uns nicht weh! Töten Sie uns nicht. Zu Hilfe!
Wir verstecken uns unter dem Tisch. Der Inspektor fragt Großmutter:
– Was haben sie? Was ist mit ihnen?
Großmutter sagt:
– Ach, die Armen, sie fürchten sich vor allem! Sie haben furchtbare Dinge in der Großen Stadt gesehen. Außerdem ist der eine taub und der andere blind. Der Taube erklärt dem Blinden, was er sieht, und der Blinde muß dem Tauben erklären, was er hört. Sonst verstehen sie nichts.
Unter dem Tisch brüllen wir:
– Zu Hilfe, zu Hilfe! Es explodiert! Es macht zuviel Krach! Es ist voller Blitze!
Großmutter erklärt:
– Wenn jemand ihnen Angst macht, hören und sehen sie Dinge, die es nicht gibt.
Der Inspektor sagt:
– Sie haben Halluzinationen. Man müßte sie in einem Krankenhaus behandeln lassen.
Wir brüllen noch lauter.
Großmutter sagt:
– Bloß nicht! In einem Krankenhaus ist das Unglück passiert. Sie haben ihre Mutter besucht, die dort arbeitete. Als Bomben auf das Krankenhaus gefallen sind, waren sie drin, sie haben die Verwundeten und die Toten gesehen; sie selber sind mehrere Tage ohnmächtig gewesen.
Der Inspektor sagt:

– Arme Kinder. Wo sind ihre Eltern?
– Tot oder vermißt. Wer weiß das?
– Sie müssen eine sehr große Last für Sie sein.
– Was tun? Sie haben niemand außer mir.
Beim Gehen gibt der Inspektor Großmutter die Hand:
– Sie sind eine sehr tapfere Frau.
Wir bekommen einen dritten Brief, in dem steht, daß wir vom Schulbesuch befreit sind wegen unserer Gebrechen und unseres seelischen Traumas.

Großmutter verkauft ihren Weinberg

Ein Offizier kommt zu Großmutter und bittet sie, ihren Weinberg zu verkaufen. Die Armee will auf ihrem Grundstück ein Gebäude für die Grenzposten errichten.

Großmutter fragt:

– Und womit wollen Sie mich bezahlen? Das Geld ist nichts mehr wert.

Der Offizier sagt:

– Im Tausch gegen euer Grundstück bekommen Sie fließendes Wasser und Strom in Ihr Haus.

Großmutter sagt:

– Ich brauche weder eure Elektrizität noch euer fließendes Wasser. Ich habe immer ohne gelebt.

Der Offizier sagt:

– Wir können Ihren Weinberg auch nehmen, ohne Ihnen etwas dafür zu geben. Und das werden wir auch tun, wenn Sie unseren Vorschlag nicht annehmen. Die Armee braucht Ihr Grundstück. Es ist Ihre patriotische Pflicht, es ihr zu geben.

Großmutter öffnet den Mund, aber wir schalten uns ein:

– Großmutter, Sie sind alt und müde. Der Weinberg macht Ihnen viel Arbeit und bringt fast nichts ein. Der Wert Ihres Hauses dagegen wird mit Wasser und Strom sehr steigen.

Der Offizier sagt:

– Ihre Enkel sind intelligenter als Sie, Großmutter.

Großmutter sagt:

– Das können Sie wohl sagen! Verhandeln Sie doch mit ihnen. Sie sollen entscheiden.

Der Offizier sagt:
– Aber ich brauche Ihre Unterschrift.
– Ich unterschreibe alles, was Sie wollen. Ich kann sowieso nicht schreiben.
Großmutter beginnt zu weinen, sie steht auf, sie sagt zu uns:
– Ich vertraue euch.
Sie geht in ihren Weinberg.
Der Offizier sagt:
– Wie sehr sie ihren Weinberg liebt, die arme Alte. Also abgemacht?
Wir sagen:
– Wie Sie selbst feststellen konnten, hat dieses Grundstück einen großen Gefühlswert für sie, und die Armee wird eine alte Frau gewiß nicht ihres hart erworbenen Guts berauben wollen, eine arme alte Frau, die zudem aus dem Land unserer heldenhaften Befreier stammt.
Der Offizier sagt:
– Ach ja? Sie stammt aus . . .
– Ja. Sie spricht ihre Sprache perfekt. Und wir auch. Und sollten Sie die Absicht haben, einen Übergriff . . .
Der Offizier sagt sehr schnell:
– Aber nein, aber nein! Was wollt ihr?
– Außer Wasser und Strom wollen wir ein Bad.
– Sonst nichts! Und wo wollt ihr es haben, das Bad?
Wir führen ihn in unser Zimmer, wir zeigen ihm, wo wir unser Bad haben wollen.
– Hier neben unserm Zimmer. Sieben bis acht Quadratmeter. Eingelassene Badewanne, Waschbecken, Dusche, Wasserboiler, WC.
Er schaut uns lange an, er sagt:
– Das läßt sich machen.
Wir sagen:
– Wir möchten auch einen Radioapparat. Wir haben keinen, und man kann keinen kaufen.

Er fragt:
– Und das ist alles?
– Ja, das ist alles.
Er bricht in Lachen aus.
– Ihr sollt euer Bad und euer Radio haben. Aber ich hätte doch besser mit eurer Großmutter verhandelt.

Großmutters Krankheit

Eines Tages kommt Großmutter nicht aus ihrem Zimmer. Wir klopfen an ihre Tür, wir rufen sie, sie antwortet nicht.

Wir gehen hinter das Haus, wir schlagen eine Fensterscheibe ihres Zimmers ein, damit wir hineinkönnen.

Großmutter liegt auf dem Bett, sie bewegt sich nicht. Aber sie atmet, und ihr Herz schlägt. Einer von uns bleibt bei ihr, der andere holt einen Arzt.

Der Arzt untersucht Großmutter. Er sagt:

– Eure Großmutter hat einen Schlaganfall gehabt, eine Gehirnblutung.

– Wird sie sterben?

– Das kann man nicht wissen. Sie ist alt, aber ihr Herz ist kräftig. Gebt ihr dreimal täglich diese Medikamente. Und dann müßte sich jemand um sie kümmern.

Wir sagen:

– Wir werden uns um sie kümmern. Was müssen wir tun?

– Ihr zu essen geben, sie waschen. Sie wird vermutlich für immer gelähmt bleiben.

Der Arzt geht. Wir kochen einen Gemüsebrei und flößen ihn Großmutter mit einem kleinen Löffel ein. Gegen Abend riecht es sehr schlecht in ihrem Zimmer. Wir heben die Decke hoch: Ihr Strohsack ist voller Exkremente. Wir holen Stroh bei einem Bauern, wir kaufen eine Gummihose für Säuglinge und Windeln.

Wir ziehen Großmutter aus, wir waschen sie in unserer Badewanne, wir machen ihr Bett sauber. Sie ist so mager, daß die Babyhose ihr sehr gut paßt. Wir wechseln mehrmals täglich ihre Windeln.

Eine Woche später beginnt Großmutter, ihre Hände zu bewegen. Eines Morgens empfängt sie uns mit Beschimpfungen:

– Hundesöhne! Kocht ein Huhn! Wie soll ich wieder zu Kräften kommen mit eurem Grünzeug und eurem Brei? Ich will auch Ziegenmilch! Ich hoffe, ihr habt nichts vernachlässigt, während ich krank war!

– Nein, Großmutter, wir haben nichts vernachlässigt.

– Helft mir hoch, ihr Taugenichtse!

– Großmutter, Sie müssen liegen bleiben, der Arzt hat es gesagt.

– Der Arzt, der Arzt! Was für ein Schwachkopf! Für immer gelähmt! Ich werde ihm zeigen, wie gelähmt ich bin!

Wir helfen ihr aufstehen, wir begleiten sie in die Küche, wir setzen sie auf die Bank. Als das Huhn gar ist, ißt sie es ganz allein. Nach dem Essen sagt sie:

– Worauf wartet ihr? Macht mir einen kräftigen Stock, beeilt euch, ihr Faulpelze, ich will nachsehen, ob alles in Ordnung ist.

Wir laufen in den Wald, wir finden einen passenden Ast, und vor ihren Augen schnitzen wir einen Stock nach Großmutters Maßen. Sie packt ihn und droht uns:

– Wehe euch, wenn nicht alles in Ordnung ist!

Sie geht in den Garten. Wir folgen ihr von weitem. Sie geht auf die Toilette, wir hören sie murmeln:

– Eine Hose! Was für eine Idee! Sie sind völlig verrückt!

Als sie ins Haus zurückgeht, sehen wir auf der Toilette nach. Sie hat die Hose und die Windeln ins Loch geworfen.

Großmutters Schatz

Eines Abends sagt Großmutter:
– Macht alle Türen und alle Fenster gut zu. Ich will mit euch reden, und ich will nicht, daß uns jemand hört.
– Niemand kommt je hier vorbei, Großmutter.
– Die Grenzposten laufen überall rum, das wißt ihr. Und sie genieren sich nicht, an den Türen zu horchen. Bringt mir auch ein Blatt Papier und einen Stift.
Wir fragen:
– Wollen Sie schreiben, Großmutter?
Sie schreit:
– Gehorcht! Stellt keine Fragen!
Wir schließen die Fenster und die Türen, wir bringen das Papier und den Stift. Großmutter sitzt am andern Ende des Tischs und zeichnet etwas auf das Blatt. Sie sagt flüsternd:
– Da befindet sich mein Schatz.
Sie reicht uns das Blatt. Sie hat ein Rechteck gezeichnet, ein Kreuz und unter das Kreuz einen Kreis. Großmutter fragt:
– Habt ihr verstanden?
– Ja, Großmutter, wir haben verstanden. Aber wir wußten es schon.
– Was wußtet ihr schon?
Wir antworten flüsternd:
– Daß sich Ihr Schatz unter dem Kreuz von Großvaters Grab befindet.
Großmutter schweigt einen Augenblick, dann sagt sie:
– Ich hätte es mir denken können. Wißt ihr es schon lange?
– Sehr lange, Großmutter. Seit wir gesehen haben, wie Sie Großvaters Grab pflegen.

Großmutter atmet sehr heftig:
– Es nützt nichts, sich aufzuregen. Jedenfalls ist alles für euch. Jetzt seid ihr intelligent genug, um zu wissen, was ihr damit anfangt.
Wir sagen:
– Im Augenblick kann man nicht viel damit anfangen.
Großmutter sagt:
– Nein. Ihr habt recht. Man muß warten. Könnt ihr warten?
– Ja, Großmutter.
Wir schweigen alle drei einen Augenblick, dann sagt Großmutter:
– Das ist noch nicht alles. Wenn ich einen neuen Anfall habe, sollt ihr wissen, daß ich euer Bad nicht will, auch nicht eure Hose und eure Windeln.
Sie steht auf, kramt auf dem Regal zwischen ihren Einmachgläsern. Sie kommt mit einer kleinen blauen Flasche zurück:
– Statt euren dreckigen Medikamenten werdet ihr mir den Inhalt dieser Flasche in meine erste Tasse Milch gießen.
Wir antworten nicht. Sie schreit:
– Habt ihr verstanden, Hundesöhne?
Wir antworten nicht. Sie sagt:
– Vielleicht habt ihr Angst vor der Autopsie, kleine Scheißer? Es wird keine Autopsie geben. Man sucht nicht in den Krümeln, wenn eine alte Frau an einem zweiten Anfall stirbt.
Wir sagen:
– Wir haben keine Angst vor der Autopsie, Großmutter. Wir meinen nur, daß Sie sich ein zweites Mal erholen können.
– Nein. Ich werde mich nicht mehr erholen. Ich weiß es. Also muß man so schnell wie möglich Schluß machen.
Wir sagen nichts. Großmutter fängt zu weinen an:

– Ihr wißt nicht, was es heißt, gelähmt zu sein. Alles zu sehen, alles zu hören und sich nicht rühren zu können. Wenn ihr nicht mal imstand seid, mir diesen kleinen Gefallen zu tun, dann seid ihr undankbare Schlangen, die ich am Busen genährt habe.
Wir sagen:
– Hören Sie auf zu weinen, Großmutter. Wir werden es tun; wenn Sie es wirklich wollen, werden wir es tun.

Unser Vater

Als unser Vater ankommt, arbeiten wir gerade alle drei in der Küche, weil es draußen regnet.
Vater bleibt vor der Tür stehen, die Arme verschränkt, die Beine gespreizt. Er fragt:
– Wo ist meine Frau?
Großmutter feixt:
– Sieh an! Sie hatte tatsächlich einen Mann.
Vater sagt:
– Ja, ich bin der Mann Ihrer Tochter. Und das sind meine Söhne.
Er schaut uns an, er fügt hinzu:
– Ihr seid sehr gewachsen. Aber ihr habt euch nicht verändert.
Großmutter sagt:
– Meine Tochter, Ihre Frau, hat mir die Kinder anvertraut.
Vater sagt:
– Sie hätte sie besser jemand anderm anvertraut. Wo ist sie? Man hat mir gesagt, daß sie ins Ausland gegangen ist. Stimmt das?
Großmutter sagt:
– Das ist lange her. Wo waren Sie bis jetzt?
Vater sagt:
– Ich war Kriegsgefangener. Und jetzt will ich meine Frau wiederfinden. Versuchen Sie nicht, irgend was vor mir zu verheimlichen, alte Hexe.
Großmutter sagt:
– Mir gefällt es sehr, wie Sie sich dafür bedanken, was ich für Ihre Kinder getan habe.
Vater schreit:

– Ich scheiß drauf! Wo ist meine Frau?
Großmutter sagt:
– Sie scheißen drauf? Auf Ihre Kinder und mich? Na gut, ich werde Ihnen zeigen, wo Ihre Frau ist!
Großmutter geht in den Garten, wir folgen ihr. Mit ihrem Stock deutet sie auf das Blumenbeet, das wir auf dem Grab unserer Mutter angelegt haben:
– Da ist sie, Ihre Frau. Unter der Erde.
Vater fragt:
– Tot? Woran? Wann?
Großmutter sagt:
– Tot. Eine Granate. Ein paar Tage vor Kriegsende.
Vater sagt:
– Es ist verboten, Leute einfach irgendwo zu beerdigen.
Großmutter sagt:
– Man hat sie dort beerdigt, wo sie gestorben ist. Und nicht irgendwo. Es ist mein Garten. Es war auch ihr Garten, als sie klein war.
Vater betrachtet die nassen Blumen, er sagt:
– Ich will sie sehen.
Großmutter sagt:
– Das sollten Sie nicht. Man soll die Toten nicht stören.
Vater sagt:
– Jedenfalls muß man sie auf einem Friedhof beerdigen. So ist das Gesetz. Bringen Sie mir eine Schaufel.
Großmutter zuckt die Achseln.
– Bringt ihm eine Schaufel.
Im Regen schauen wir zu, wie Vater unser kleines Blumenbeet zerstört, wir sehen ihm beim Graben zu. Er gelangt zu den Decken, er schiebt sie weg. Ein großes Skelett liegt da, mit einem ganz kleinen Skelett an seiner Brust.
Vater fragt:
– Was ist das, das Ding auf ihr?

Wir sagen:
– Ein Baby. Unsere kleine Schwester.
Großmutter sagt:
– Ich habe Ihnen ja gesagt, Sie sollen die Toten in Ruhe lassen. Kommen Sie in die Küche und waschen Sie sich.
Vater antwortet nicht. Er betrachtet die Skelette. Sein Gesicht ist naß von Schweiß, Tränen und Regen. Er steigt mühsam aus dem Loch und geht weg, ohne sich umzudrehen, Hände und Kleider voller Schlamm.
Wir fragen Großmutter:
– Was tun wir?
Sie sagt:
– Das Loch wieder zumachen. Was könnten wir sonst tun?
Wir sagen:
– Gehen Sie ins Warme, Großmutter. Wir kümmern uns um alles.
Sie geht ins Haus.
Mit Hilfe einer Decke schaffen wir die Skelette in die Dachkammer, wir legen die einzelnen Knochen auf Stroh, um sie trocknen zu lassen. Dann steigen wir wieder hinunter und schaufeln das Loch zu, in dem niemand mehr ist.
Später polieren wir monatelang den Schädel und die Knochen unserer Mutter und des Babys, dann setzen wir die Skelette sorgfältig wieder zusammen, indem wir jeden Knochen an dünnen Drähten befestigen. Als unsere Arbeit fertig ist, hängen wir das Skelett unserer Mutter an einen Balken der Dachkammer und das des Babys an ihren Hals.

Unser Vater kommt zurück

Wir sehen unsern Vater erst mehrere Jahre später wieder.

Inzwischen hatte Großmutter einen weiteren Anfall, und wir haben ihr geholfen zu sterben, wie sie es von uns verlangt hatte. Jetzt liegt sie im selben Grab wie Großvater. Bevor man das Grab öffnete, haben wir den Schatz geborgen und ihn unter der Bank vor unserm Fenster versteckt, wo sich noch immer das Gewehr, die Patronen, die Handgranaten befinden.

Vater kommt eines Abends, er fragt:

– Wo ist eure Großmutter?

– Sie ist tot.

– Ihr lebt allein? Wie kommt ihr zurecht?

– Sehr gut, Vater.

Er sagt:

– Ich bin heimlich hergekommen. Ihr müßt mir helfen.

Wir sagen:

– Seit Jahren haben Sie nichts von sich hören lassen.

Er zeigt uns seine Hände. Er hat keine Fingernägel mehr. Sie sind an der Wurzel ausgerissen worden:

– Ich komme aus dem Gefängnis. Man hat mich gefoltert.

– Warum?

– Ich weiß nicht. Wegen nichts. Ich bin politisch verdächtig. Ich kann meinen Beruf nicht ausüben. Ich werde ständig bewacht. Man durchsucht regelmäßig meine Wohnung. Für mich ist es unmöglich, in diesem Land zu leben.

Wir sagen:

– Sie wollen über die Grenze.
Er sagt:
– Ja. Ihr lebt doch hier, bestimmt kennt ihr, wißt ihr...
– Ja, wir kennen, wir wissen. Die Grenze ist unpassierbar.
Vater senkt den Kopf, betrachtet einen Augenblick seine Hände, sagt dann:
– Es gibt bestimmt eine Lücke. Es gibt bestimmt eine Möglichkeit, durchzukommen.
– Wenn Sie Ihr Leben aufs Spiel setzen, ja.
– Lieber sterbe ich, als daß ich hierbleibe.
– Sie müssen in Kenntnis der Dinge entscheiden, Vater.
Er sagt:
– Ich höre.
Wir erklären:
– Die erste Schwierigkeit ist, bis zum ersten Stacheldraht zu kommen, ohne einer Patrouille zu begegnen, ohne von einem Wachtturm aus gesehen zu werden. Das ist machbar. Wir kennen die Uhrzeit der Patrouillen und den Standort der Wachttürme. Die Barriere ist ein Meter fünfzig hoch und einen Meter breit. Man braucht zwei Bretter. Eines, um auf die Barriere zu klettern, das andere legt man oben drauf, um stehen zu können. Wenn Sie das Gleichgewicht verlieren, fallen Sie in die Drähte und können nicht mehr raus.
Vater sagt:
– Ich werde das Gleichgewicht nicht verlieren.
Wir fahren fort:
– Man muß die beiden Bretter einsammeln, um auf die gleiche Weise über die andere Barriere zu steigen, die sich sieben Meter weiter weg befindet.
Vater lacht:
– Ein Kinderspiel.

– Ja, aber die Strecke zwischen den beiden Barrieren ist vermint.
Vater wird blaß.
– Dann ist es unmöglich.
– Nein. Eine Glücksfrage. Die Minen sind im Zickzack gelegt, wie ein *W*. Wenn man einer geraden Linie folgt, riskiert man nur, auf eine einzige Mine zu treten. Wenn man große Schritte macht, stehen die Chancen sieben zu eins, ihr zu entgehen.
Vater überlegt einen Augenblick, dann sagt er:
– Ich gehe dieses Risiko ein.
Wir sagen:
– In diesem Fall wollen wir Ihnen gern helfen. Wir begleiten Sie bis zur ersten Barriere.
Vater sagt:
– Einverstanden. Ich danke euch. Ihr habt nicht zufällig etwas zu essen?
Wir bieten ihm Brot und Ziegenkäse an. Wir bieten ihm auch Wein aus dem ehemaligen Weinberg von Großmutter an. Wir geben ein paar Tropfen des Schlafmittels in sein Glas, das Großmutter so gut aus Pflanzen herstellen konnte.
Wir führen Vater in unser Zimmer, wir sagen:
– Gute Nacht, Vater. Schlafen Sie gut. Wir werden Sie morgen wecken.
Wir legen uns auf die Eckbank in der Küche.

Die Trennung

Am nächsten Morgen stehen wir sehr früh auf. Wir vergewissern uns, daß Vater tief schläft.

Wir bereiten vier Bretter vor.

Wir graben Großmutters Schatz aus: Gold- und Silberstücke, viel Schmuck. Wir stecken den größten Teil davon in einen Stoffbeutel. Wir nehmen auch jeder eine Handgranate mit, für den Fall, daß wir von einer Patrouille überrascht werden. Wenn wir sie beseitigen, können wir Zeit gewinnen.

Wir machen einen Erkundungsgang an die Grenze, um die beste Stelle auszukundschaften: einen toten Winkel zwischen zwei Wachttürmen. Dort, am Fuß eines großen Baums, verstecken wir den Stoffbeutel und zwei Bretter.

Wir gehen zurück, wir essen. Später bringen wir unserm Vater das Frühstück. Wir müssen ihn schütteln, damit er aufwacht. Er reibt sich die Augen und sagt:

– Schon lange habe ich nicht mehr so gut geschlafen.

Wir stellen das Tablett auf seine Knie. Er sagt:

– Was für ein Festmahl! Milch, Kaffee, Eier, Schinken, Butter, Marmelade! Solche Dinge sind in der Großen Stadt nicht zu kriegen. Wie macht ihr das?

– Wir arbeiten. Essen Sie, Vater. Wir werden keine Zeit haben, Ihnen eine weitere Mahlzeit anzubieten, bevor Sie weggehen.

Er fragt:

– Ist es heute abend?

Wir sagen:

– Nein, sofort. Sobald Sie fertig sind.

Er sagt:

– Seid ihr verrückt? Ich weigere mich, am hellichten Tag über diese Scheißgrenze zu gehen! Man würde uns sehen.
Wir sagen:
– Auch wir müssen sehen können, Vater. Nur Dummköpfe versuchen, nachts über die Grenze zu gehen. Nachts setzt man die Patrouillen viermal häufiger ein, und die Zone wird ständig von den Scheinwerfern bestrichen. Gegen elf Uhr vormittags dagegen läßt die Überwachung nach. Die Grenzposten meinen, daß niemand so verrückt ist, in diesem Augenblick rüberzugehen.
Vater sagt:
– Ihr habt sicherlich recht. Ich verlasse mich auf euch.
Wir fragen:
– Sie erlauben, daß wir Ihre Taschen durchsuchen, während Sie essen?
– Meine Taschen? Warum?
– Man darf Sie nicht identifizieren können. Wenn Ihnen etwas zustößt und wenn man erfährt, daß Sie unser Vater sind, würde man uns der Mittäterschaft bezichtigen.
Vater sagt:
– Ihr denkt an alles.
– Wir müssen an unsere Sicherheit denken.
Wir durchsuchen seine Kleider. Wir nehmen seine Papiere, seinen Personalausweis, sein Adreßbuch, eine Eisenbahnfahrkarte, Rechnungen und ein Foto unserer Mutter. Wir verbrennen alles im Küchenherd, außer dem Foto.
Um elf Uhr gehen wir los. Jeder von uns trägt ein Brett. Unser Vater trägt nichts. Wir bitten ihn nur, uns so leise wie möglich zu folgen.
Wir kommen an die Grenze. Wir sagen unserm Vater, er solle sich hinter den großen Baum legen und sich nicht mehr rühren.
Bald kommt, wenige Meter von uns entfernt, eine Pa-

trouille von zwei Männern vorbei. Wir hören sie sprechen:
– Ich frage mich, was es heute zu essen gibt.
– Dieselbe Scheiße wie sonst.
– Es gibt Scheiße und Scheiße. Gestern war es zum Kotzen, aber manchmal ist es gut.
– Gut? Das würdest du nicht sagen, wenn du die Suppe meiner Mutter gegessen hättest.
– Ich habe nie die Suppe deiner Mutter gegessen. Ich habe nie eine Mutter gehabt. Ich habe immer nur Scheiße gegessen. In der Armee esse ich wenigstens hin und wieder gut.
Die Patrouille entfernt sich. Wir sagen:
– Los, Vater. Wir haben zwanzig Minuten, bis die nächste Patrouille kommt.
Vater nimmt die beiden Bretter unter die Arme, er geht vor, er legt eines der Bretter an die Barriere, er klettert.
Wir legen uns bäuchlings hinter den großen Baum, wir halten uns mit den Händen die Ohren zu, wir machen den Mund auf.
Es gibt eine Explosion.
Wir rennen mit den beiden andern Brettern und dem Stoffbeutel zum Stacheldraht.
Unser Vater liegt an der zweiten Barriere.
Ja, es gibt eine Möglichkeit, über die Grenze zu gehen: Wenn man jemand vor sich hergehen läßt.
Den Stoffbeutel packend, in die Fußspuren tretend, dann über den leblosen Körper steigend, geht einer von uns hinüber in das andere Land.
Derjenige, der zurückbleibt, kehrt in Großmutters Haus zurück.

Agota Kristof

Das große Heft

Roman. Aus dem Französischen von Eva Moldenhauer. 163 Seiten. SP 779

Agota Kristof protokolliert in ihrem ersten Roman eine Kindheit, die nichts Idyllisches hat. Die Zwillingsbrüder werden zur Großmutter aufs Land geschickt, sie betteln, hungern, schlachten, stehlen, töten, sie stellen sich taub, blind, bewegungslos – sie haben gelernt, was sie zum Überleben brauchen.

»Agota Kristofs Romane beschreiben das Leiden, den Krieg, den Tod, beschreiben Verbrechen und sexuelle Perversionen, doch sie handeln ganz ausschließlich von der Liebe. Im reinsten, ja zartesten Sinn handeln sie von der Liebe.«

Süddeutsche Zeitung

»Agota Kristof erzählt zwingend. Sie läßt nicht zu, daß man ihr nur die halbe Aufmerksamkeit schenkt. Sie kennt kein Ausruhen. Kaum kann man das aushalten, die knappe Schärfe ihrer Beschreibungen, diese Kälte. Ist das nicht Lakonie oder Bitterkeit? Weshalb quält Agota Kristof uns doppelt, indem sie Kinder für ihre Geschichte mißbraucht?«

Frankfurter Rundschau

Der Beweis

Roman. Aus dem Französischen von Erika Tophoven-Schöningh. 186 Seiten. SP 1497

»Der Beweis« knüpft unmittelbar an »Das große Heft« an. In ihrer unvergleichlich kargen Sprache erzählt Agota Kristof vom Prozeß einer seelischen Zerstörung. Gefangen in der Erinnerung an seinen verschwundenen Zwillingsbruder gerät Lucas in den Song einer Besessenheit.

Die dritte Lüge

Roman. Aus dem Französischen von Erika Tophoven. 165 Seiten. SP 2287

Mit dem letzten Band ihrer Romantrilogie zeigt Agota Kristof noch einmal, wie fragil das Gebäude der Erinnerung ist: Die Schrecken des Krieges und die bleiernen Jahre des totalitären Regimes liegen weit zurück. Lucas T. kehrt in die Stadt seiner Kindheit zurück – auf der Suche nach seinem Bruder, seinem Alter ego.

»So kalt ums Herz, so heiß ums Herz ist es mir beim Bücherlesen schon lang nicht mehr geworden.«

Süddeutsche Zeitung

Janet Frame

»Eine der größten Autobiographien dieses Jahrhunderts.«
Sunday Times

Ein Engel an meiner Tafel
Der Gesandte aus der Spiegelstadt
Die vollständige Autobiographie in einem Band. Aus dem Englischen von Lilian Faschinger. 592 Seiten. SP 2281

Der Band vereint alle drei Teile von Janet Frames Autobiographie: Die ersten beiden Teile – »Zu den Inseln« und »Ein Engel an meiner Tafel« – erzählen von ihrer Kindheit und Jugend, ihren Studienjahren, die keine Zeit der Freiheit, sondern bedrückende Einsamkeit waren. Nach einem Selbstmordversuch wird die sensible Frau in eine Nervenklinik eingeliefert. Erst als ihr erstes Buch einen Literaturpreis erhält, kann sie ins Leben zurückkehren. Im dritten Teil – »Der Gesandte aus der Spiegelstadt« – schildert Janet Frame, wie sie nach dem Alptraum der Psychiatrie eine Reise nach Europa unternimmt, wo sie die künstlerische Avantgarde der fünfziger Jahre kennenlernt und zum erstenmal eine Begegnung mit der Liebe hat. Befreit vom Stigma der Schizophrenie, bleibt sie jedoch immer der »Spiegelstadt« nahe, der Welt der Vorstellung, die sie vom »wirklichen Leben« trennt.

»Janet Frames Bücher sind der nüchterne Ausdruck von Schrecken und Schmerz, nicht die poetische Flucht davor.«
Die Woche

»Mit steigender Unruhe liest man dieses Buch, in dem sich scheinbare Nebensächlichkeiten zu der einen großen Katastrophe summieren. Und man erkennt, daß die Nebensächlichkeiten, die kleinen Verletzungen, von denen die Autorin mit einem gespenstischen Gleichmut erzählt, zur völligen Abgeschlossenheit von einer Umwelt führen, in der Janet nur noch bis zu einer gewissen Grenze funktionieren kann.«
Deutsches Allgemeines Sonntagsblatt

Dacia Maraini

Bagheria

Eine Kindheit auf Sizilien. Aus dem Italienischen von Sabina Kienlechner. 171 Seiten. SP 2160

Dacia Maraini kehrt an den Ort ihrer Kindheit zurück – in jene sizilianische Villa, wo sie das Porträt ihrer Ahnin, der taubstummen Herzogin Marianna Ucrìa fand, die zu einer großen Romanheldin werden sollte. Die berühmte italienische Schriftstellerin erzählt von der romantischen Liebesheirat ihrer Eltern, der leidenschaftlichen Liebe zum unerreichbaren Vater, von ihrer Jugend in der prachtvollen Villa Valguarnera; sie läßt aber auch ihre Empörung spüren über die mutwillige Zerstörung des Barockstädtchens Bagheria durch die Mafia. Ein aufrichtiges, sehr persönliches Buch.

»›Bagheria‹ ist ein schönes und kluges Buch, ganz fern von allen Klischeevorstellungen vom Tourismus-Sizilien, und dazu ein Buch über eine Vielzahl eigenwilliger und begabter Frauen…«

Die Presse

Erinnerungen einer Diebin

Roman. Aus dem Italienischen von Maja Pflug. Mit einem Nachwort von Heinz Willi Wittschier. 383 Seiten. SP 1790

Fasziniert von der unkonventionellen Art Teresas, die jenseits von bürgerlichen Normen nach ihren eigenen Regeln lebt, beschloß Dacia Maraini 1972 über die »Diebin«, die sie bei einem Gefängnisbesuch in Rom kennenlernte, ein Buch zu schreiben. Aus einer armen, kinderreichen Familie stammend löste sich Teresa bald von zu Hause, lebte in den Tag hinein wie eine Zigeunerin, heiratete jung und brachte einen Sohn zur Welt. Fast unmerklich schlitterte sie in die Kriminalität, kam von einem Gefängnis ins andere und blieb doch ohne Groll über die ihr angetane Gewalt.

Durch die erstaunliche Persönlichkeit Teresas, die niemals selbstmitleidig, sondern stolz und selbstbewußt und auf ihre Weise ehrbar ist, gelang Maraini mit diesem Roman ein lebendiges Frauenporträt und ein packender Zustandsbericht über Italiens Gefängnisse.

Barbara Pym

Die Frau des Professors

Roman. Aus dem Englischen von Karen Lauer. 164 Seiten. SP 1447

»Barbara Pyms unaufdringliche, subtile, vollendete Romane sind für mich die herausragenden Beispiele der hohen Kunst der Komödie im England der letzten fünfundsiebzig Jahre.«

Lord David Cecil

Ein Glas voll Segen

Roman. Aus dem Englischen von Dora Winkler. 288 Seiten. SP 2151

Wilmet Forsyth ist eine schöne Frau von 33 Jahren, der es an nichts mangelt. Ihr Problem: sie fühlt sich nutzlos. Um Wilmet herum finden die merkwürdigsten Paare zusammen – die altjüngferliche Mary Beamish, die es auf einen gutaussehenden Vikar abgesehen hat, ihre scharfzüngige Schwiegermutter, oder Piers, ihr Schwarm, und dessen homosexueller Freund Keith. Nur an Wilmet ziehen die Liebe und das Leben vorbei…

»Wer Barbara Pym nicht kennt, weiß nichts über den ›British Way of Life‹.«

Willi Winkler

Das Täubchen

Roman. Aus dem Englischen von Dora Winkler. 219 Seiten. SP 1940

Eine ganz und gar britische Comédie humaine: Bei einer Auktion lernt Leonora Eyre, eine wohlhabende Dame Ende Vierzig, den Antiquitätenhändler Humphrey Boyce und dessen gutaussehenden Neffen James kennen. Beide sind von der distinguierten Leonora angezogen. Sie scheint jedoch das beharrliche Werben Humphreys kaum zu bemerken, denn sie hat nur Augen für den 24jährigen Neffen. Doch als sie von der Existenz eines jungen Mädchens erfährt, mit dem James eine kurze Affäre hatte, und er von einer Studienreise dann noch mit einem homosexuellen Freund zurückkehrt, beginnt sie an ihrer Attraktivität zu zweifeln…

Vortreffliche Frauen

Roman. Aus dem Englischen von Dora Winkler. 285 Seiten. SP 1288

»Barbara Pym erzählt witzig und in perfekter englischer Mischung aus Ironie und Sanftmut.«

Die Zeit

Isabella Bossi Fedrigotti

Zwei Schwestern aus gutem Hause

Roman. Aus dem Italienischen von Sigrid Vagt. 240 Seiten. SP 2182

Liebe, Haß und Eifersucht sind die Gefühle, die die beiden Schwestern Clara und Virginia ein Leben lang verbinden. Gemeinsam in einem großbürgerlichen Südtiroler Landhaus aufgewachsen, könnten sie verschiedener nicht sein: Clara, die jüngere, dunkelhaarig, melancholisch, verschlossen; Virginia dagegen eine blonde Schönheit, lebenshungrig und rebellisch gegen die längst überholte Lebensweise ihres Elternhauses. Doch ist Clara wirklich die Edle, Tugendhafte, die von ihrer leichtlebigen Schwester um das Lebensglück gebracht wurde? Ein raffinierter Frauenroman, ausgezeichnet mit dem Premio Campiello.

»Dieses Buch vereint in sich die Erzählkraft eines Stefan Zweig und die anmutige Schreibweise von Simone de Beauvoirs ›Memoiren einer Tochter aus gutem Hause‹.«
Der Tagesspiegel

»Auffällig ist die von Isabella Bossi Fedrigotti gewählte Form, und man könnte spekulieren, ob hierdurch autobiographische Momente in die Erzählung einfließen. Denn ungewöhnlicherweise ist der erste Lebensrückblick der jüngeren Schwester Clara in der zweiten Person geschrieben, die nachfolgende Lebensgeschichte der Virginia dagegen in der ersten Person, wodurch der Eindruck einer größeren Zuneigung zu ihr vermittelt wird.
Aus dieser erzählerischen Konfrontation resultieren im wesentlichen die Spannung und der Reiz dieses Romans; für den Leser erhellen sich zudem viele Geschehen... Ein versöhnliches Ende, so ahnt man, wird es für die beiden Damen nicht geben.«
Die Welt

Liebling, erschieß Garibaldi!

Roman. Aus dem Italienischen von Ursula Lenzin. 204 Seiten. SP 2331

Mit der romantischen Geschichte ihrer Urgroßeltern schildert Isabella Bossi Fedrigotti die Welt einer Adelsfamilie in politisch brisanter Zeit.

Edith Wharton

Der flüchtige Schimmer des Mondes

Roman. Aus dem Amerikanischen von Inge Leipold. 320 Seiten. SP 2277

Scharfsinnig nimmt die »Grand Old Lady der Literatur« hier die amerikanische High Society in Europa aufs Korn. Susy und Nick Lansing, beide ebenso unternehmenslustig wie brillant auf gesellschaftlichem Parkett, haben leider ein großes Manko: Sie sind ohne einen Cent. Weil sie trotzdem das Leben im Luxus lieben, verlegen sie sich ungeniert aufs Schmarotzen – und machen sich damit abhängig.

»Die Menschen sind oberflächlich, je reicher desto mehr und nur ganz selten entstehen Augenblicke der wahren Empfindung. Wenn Edith Wharton diese raren Momente der Ungeschütztheit beschreibt, plötzlich inmitten der verlogenen und verschwätzten Sozialität, wird die ironische Gesellschaftskritikerin ganz ernst und melancholisch. Das sind – neben dem Vergnügen am (heute so sehr vermißten) Esprit – die großen Momente dieses heiteren Romans.«

Süddeutsche Zeitung

Zeit der Unschuld

Roman. Aus dem Amerikanischen von Richard Kraushaar und Benjamin Schwarz. 480 Seiten. SP 1264

Edith Whartons 1921 mit dem Pulitzerpreis ausgezeichnetes Meisterwerk ist heute inzwischen ein Klassiker der Weltliteratur. Der Roman erzählt die Geschichte des jungen New Yorker Anwalts Newland Archer, der aus gesellschaftlichen Gründen seine Leidenschaft für die unkonventionelle Ellen Olenska unterdrückt und damit das Glück seines Lebens verspielt.

»Ein facettenreiches und überaus präzises Bild der exklusiven Gesellschaftsschicht.«

Süddeutsche Zeitung

Sommer

Roman. Aus dem Amerikanischen von Michaela Nissen. 260 Seiten. SP 1263

Eine beklemmend schöne Liebesgeschichte von unglaublicher Dichte und Intensität.

»Es gibt höchstens drei, vier amerikanische Romanciers, die als herausragend gelten dürfen – Edith Wharton gehört zu ihnen.«

Gore Vidal

SERIE PIPER

Ingeborg Bachmann

»Hinter jeder Zeile, die sie geschrieben hat, steht ein Mensch, nicht viel stärker oder schwächer als der Leser selbst. Ingeborg Bachmann hat nach Musil, Schnitzler und Hofmannsthal ganz neue Dimensionen ausgelotet.«

Hellmuth Jaesrich

Anrufung des Großen Bären
Gedichte. 79 Seiten. SP 307

Die Fähre
Erzählungen. 98 Seiten. SP 1182

Der Fall Franza / Requiem für Fanny Goldman
192 Seiten. SP 1121

Die Hörspiele
Ein Geschäft mit Träumen · Die Zikaden · Der gute Gott von Manhattan. 160 Seiten. SP 139

Liebe: Dunkler Erdteil
Gedichte aus den Jahren 1942–1967. 61 Seiten. SP 330

Mein erstgeborenes Land
Gedichte und Prosa aus Italien. Hrsg. von Gloria Keetman. 160 Seiten. SP 1354

Sämtliche Erzählungen
486 Seiten. SP 2218

Simultan
Erzählungen. 211 Seiten. SP 1296

Vor den Linien der Wirklichkeit
Radioessays. 120 Seiten. SP 1747

Wir müssen wahre Sätze finden
Gespräche und Interviews. Hrsg. von Christine Koschel und Inge von Weidenbaum. 166 Seiten. SP 1105

Werke
Erster Band: Gedichte · Hörspiele · Libretti · Übersetzungen. Zweiter Band: Erzählungen. Dritter Band: Todesarten: Malina und unvollendete Romane. Vierter Band: Essays · Reden · Vermischte Schriften · Anhang. Hrsg. v. Christine Koschel, Inge von Weidenbaum, Clemens Münster. In Kassette. Zus. 2297 Seiten. SP 1700

Kein objektives Urteil – nur ein lebendiges
Texte zum Werk von Ingeborg Bachmann. Hrsg. von Christine Koschel und Inge von Weidenbaum. 665 Seiten. SP 792

Gabriele Wohmann

Bitte nicht sterben
Roman. 362 Seiten. SP 2142

»Ein Buch vom Loslassen, Erwachsenwerden und Abschiednehmen.«

Darmstädter Echo

Er saß in dem Bus, der seine Frau überfuhr
Erzählungen. 288 Seiten. SP 1772

Das Überraschende und das Alltägliche im Zusammenprall: das macht die Faszination dieser Geschichten aus.

Ernste Absicht
Roman. 281 Seiten. SP 1698

Der Flötenton
Roman. 488 Seiten. SP 2361

Was wie eine harmlose Ferienromanze beginnt, ergibt im Lauf des Romans ein abgründiges Panorama von Lebensglück und Lebenslügen durch die Generationen. Ein Meisterstück der gnadenlosen Beobachterin des deutschen Alltagslebens.

Frühherbst in Badenweiler
Roman. 176 Seiten. SP 2048

Habgier
Erzählungen. 91 Seiten. SP 1666

»Diese friedlosen Erzählungen, vorgetragen im idyllischen Ton von Familiengeschichten, sind ein bös funkelndes Lesevergnügen.«

Die Zeit

Ein Mann zu Besuch
Erzählungen. 280 Seiten. SP 1863

»Es sind ausnahmslos brillante Texte, und mehr als das: konzentriert und doch mit Nuancen und Zwischentönen versehen, straff gebaut, ohne daß die Konstruktion sichtbar würde, unterhaltend sogar, aber immer zwischen Ironie und Trauer.«

Neue Zürcher Zeitung

Plötzlich in Limburg
Komödie in vier Bildern. 114 Seiten. SP 1051

Das Salz, bitte!
Ehegeschichten. 296 Seiten. SP 1935

Wäre wunderbar. Am liebsten sofort
Liebesgeschichten. 272 Seiten. SP 2304

Elisabeth Gille

Erträumte Erinnerungen

Roman. Aus dem Französischen von Roseli und Saskia Bontjes van Beek. 278 Seiten. SP 1911

Elisabeth Gille war fünf Jahre alt, als ihre Mutter, Irène Némirovsky, nach Auschwitz deportiert wurde. Sie begibt sich mit dem autobiographischen Roman auf die Spuren ihrer Mutter, der in den dreißiger Jahren erfolgreichen Schriftstellerin jüdisch-russischer Herkunft, indem sie in ihre Haut schlüpft. Mit der Geschichte dieses ergreifenden Frauenschicksals wird das vorrevolutionäre Rußland wieder lebendig: das wohlhabende jüdische Großbürgertum von Kiew, die elegante, gebildete Gesellschaft von Moskau und St. Petersburg. Dem zunehmend antisemitischen Klima in Rußland entflieht die Familie nach Paris, wo Irène ihrer Berufung zur Schriftstellerin folgt. Doch den anrückenden Nazis kann die Familie nicht entrinnen.

»Was für ein Roman! Elisabeth Gille ist eine großartige ›geträumte‹ Hommage an ihre Mutter, Irène Némirovsky, gelungen.«

Le Nouvel Observateur

Nina Simone

Meine schwarze Seele

Erinnerungen. Aus dem Amerikanischen von Brigitte Jakobeit. 271 Seiten. SP 2006

Gefühlvoll und offen erzählt eine der großen Ladies des Blues und Jazz aus ihrem wechselvollen Leben: von ihrer Kindheit in einer streng religiösen Familie, von ihrer Ausbildung zur Konzertpianistin, ihrer künstlerischen Karriere, von ihrem Engagement für die schwarze Bürgerrechtsbewegung, von ihren Ehen und zahlreichen Liebesbeziehungen, von Alkoholismus und nicht zuletzt ihren Comebacks.

»Das ist die Vita einer Frau, Mutter, Geliebten..., deren große künstlerische Leistungen stets aus dem Leiden erwuchsen, und sie enthält die... Lebensbeichte einer Jazzsängerin, deren Anliegen so häufig ›Botschaften‹ waren, erst politische und schließlich die ihres ureigenen Selbst.«

Welt am Sonntag

»Nina Simone hat ein oft poetisches, ehrliches, wütendes, depressives, tränengetränktes Protokoll einer Höllenfahrt geschrieben.«

Die Zeit

Julia Alvarez

Wie die García Girls ihren Akzent verloren

Roman. Aus dem Amerikanischen von Stefanie Kuhn-Werner. 304 Seiten. SP 2275

Der mehrfach ausgezeichnete erste Roman von Julia Alvarez ist die Geschichte einer Einwandererfamilie aus der Karibik, die es nach New York verschlagen hat. Für die vier heranwachsenden Töchter hat jedoch das Leben in der schönen neuen Welt nicht nur seine Schokoladenseiten, da ihre Träume von Unabhängigkeit, Karriere und vom Mann fürs Leben nicht immer vereinbar sind mit dem, was sich die Familie für ihre Töchter vorstellt.

Am Anfang scheint es nur ein kurzer Abstecher nach Amerika zu sein, doch dann wird er zur Flucht vor dem Regime in der Dominikanischen Republik und zum Dauerzustand. Dr. Carlos García wird schließlich nebst Gattin zum Bürger der USA, im Schlepptau die Viererbande seiner heranwachsenden Töchter. Wie finden sich Carla, Sandra, Yolanda und Sofia im New Yorker Exil zurecht, was wird aus ihren Träumen von Unabhängigkeit, von der Karriere, vom richtigen Mann? Aber vor allem – wie können sie das aufregende Leben in der neuen Welt leben, wenn die Werte und Normen ihrer reichen und adligen Familie unermüdlich eingeklagt werden, obwohl sie längst der Vergangenheit angehören? Die alte Heimat ist nicht vergessen, die Farben und Gerüche der Karibik sind nicht verschwunden und nicht die melancholisch-ironischen Stimmungen, die Julia Alvarez, selbst Kind der Karibik, in diesem Roman wieder lebendig werden läßt.

»Julia Alvarez' intelligenter Roman ist äußerlich ein Familienepos, das in der dominikanischen Diktatur und in New York spielt. Innerlich geht es um mehr… Auf die Doppelmoral wird nicht mit dem Finger gewiesen, sie zeigt sich subtil in der spannenden, für viele Deutungen offenen Geschichte.«

Brigitte